아무튼, 데모

아무튼, 데모

정보라

위고

차례

준비물

사계절 필수 준비물은 물, 깔개, 보조배터리, 여행용 휴지다. 그리고 나는 집회장 앰프의 핑음을 못 견디기 때문에 귀마개도 언제나 준비해 가지고 간다(앰프 핑음을 계속 들으면 난청 생길 수 있다). 귀마개는 3M 주황색이 최고다.

시위, 집회는 야외 활동이라 최대한 편한 신발을 신고 날씨에 맞게 대비해야 한다. 여름에는 쿨토시와 모자, 양산 등 햇빛 가리는 도구가 꼭 필요하고 땀 닦을 수건, 선크림, 냉동한 아이스팩도 있으면 좋다. 겨울에는 핫팩과 여러 가지 방한 장비가 필수다.

최근 기후변화로 인하여 여름은 더욱 더워지고 겨울은 더욱 추워지고 있다. 기후변화는 정신력으로 이길 수 없다. 집회는 보통 아스팔트 바닥이나 돌이 깔린 보도에서 하는 경우가 많은데 이런 곳은 지열과 복사열 때문에 여름에는 기온이 30도면 그늘 없는 곳의 땅바닥 온도는 50도를 웃도는 경우가 많다. 이런 곳에 앉아 있으면 사람이 익어버리는 건 순식간이다.

그러므로 어린이와 함께 집회에 참석한다면 어린이가 너무 더워하거나 너무 추워할 때는 어른이 먼저 알아채고 냉난방이 되는 실내로 데려가 쉬게 해야 한다. 어린이는 어른보다 체온 조절 능력이 떨어지고 자기 몸의 변화를 단계적으로 민감하게 알아차리지 못하는 경우가 많다. 어른도 자기 몸은 자기가 돌봐야 한다. 머리가 어지럽거나 눈이 침침해지거나 말이 잘 안 나오는 경우, 손발에 감각이 없는 경우 즉시 냉난방이 되는 실내에 들어가 쉬어야 한다. 집회보다도, 그 어떤 의제보다도 생명과 안전이 언제나 최우선이다.

이태원

이태원 참사가 일어났을 때 나는 포항에 살고 있었다. 그래서 세월호 때처럼 적극적으로 찾아가 서명대를 지키거나 여러 행사에 참가하기가 쉽지 않았다. 그것이 몹시 슬프고 유가족분들께 죄송하다. 2023년 12월이 지나가는 지금, "1주기 전에 제정하겠다", "2023년 연내 제정하겠다"던 이태원 참사 진상 규명 특별법은 국회 본회기와 임시회기가 다 끝나도록 결국 본회의 상정조차 되지 않았다. 유가족분들이 국회 앞에서 농성도 하고 단식도 하고 오체투지도 하고 행진도 하고 삼보일배도 했는데 다 소용없었다.*

2022년 11월에 나는 10.29 이태원 참사 희생자 추모를 위한 오체투지에 참여했다. 조계종 사회노동위원회에서 주관했으며 11월 9일에 조계사에서 시작해서 11월 11일에 참사 현장에 도착하는 2박 3일 일정이었다. 나는 마지막 날 삼각지역에서 참사 현장까지 가는 짧은 경로에 참여했다. 그 전에도 나는 조계종 사회노동위원회에서 주관한 차별금지법 제정 오체투

* 2024년 1월 9일 임시국회에서 이태원 참사 특별법이 통과되었다. 하지만 2024년 1월 30일, 윤석열 대통령이 거부권을 행사했다.

지에 몇 번 참가한 적이 있었다. 한 스님이 일반인이고 여성인 내가 오체투지에 참가한다고 걱정하시자 사회노동위원회 집행위원장님이 "예전에 여러 번 해서 괜찮다"고 보증해주셨다. 뭔가 자격을 인정받은 기분이었다.

11월이라 땅은 차갑고 축축했고 낙엽 냄새가 났다. 그때는 정부가 설치한 10.29 희생자 분향소가 녹사평역에 있을 때였다. 나는 스님들을 따라 삼각지역에서 출발해 금방 녹사평역에 도착하여 관제 분향소에서 추모를 하고 다시 참사 현장까지 오체투지를 해서 갔다. 녹사평역 앞 아스팔트 바닥에 엎드려서 나는 참사 희생자들도 이렇게 차가운 땅에 누웠을 것이라고 생각했다. 그 장소에 엎드리는 것이 내가 할 수 있는 추모의 방식으로서 올바르다고 느꼈다.

참사 현장에 도착해서 스님들은 간단하게 희생자를 추모하는 예식을 진행했다. 그날은 피해가 집중되었던 해밀톤 호텔 옆 골목의 폴리스 라인이 풀리는 날이었다. 언론사가 정말 많이 와 있었다. 나는 카메라에 찍히고 싶지 않아서 뒤로 물러났다. 호텔 앞부터 지하철역까지 길거리가 온통 희생자를 추모하는 꽃과 메모와 선물들로 뒤덮여 있었다. 나도 서둘러 근처 편의점으로 가 음료수를 사서 거리를 뒤덮은

선물들 속에 놓았다. 메모는 희생자와 직접 관계 없는 분들이 추모하는 마음을 전하기 위해 남긴 경우도 있었고 희생자의 친구와 가족들이 남긴 것도 있었다. 메모를 자세히 들여다보기는 너무 괴로운 일이었다.

스님들과 함께 오체투지 할 때 옆에서 동행해 주신 분들이 들고 있던 피켓에는 유가족들이 한자리에 모일 수 있도록 정부가 장소를 마련해야 한다는 의견이 있었다. 그 주장대로 이후에 '이태원 참사 유가족협의회'가 결성되고 유가족들이 영정 사진이 있는 제대로 된 분향소를 녹사평역 앞에 설치했다. 2023년 1월 말에 나는 이 녹사평역 분향소 지킴이를 신청했다. 동료 SF 작가님들도 함께 와서 분향소를 지켜주셨다. 참사 희생자 가족분들은 목에 빨간 목도리를 하거나 빨간 물품을 착용하고 계셨다(이후에 상징색이 보라색으로 바뀌었다). 제단과 영정 사진들 옆에서 가족분들은 추모객이 오면 국화를 드리고 인사를 하고 안내를 했다. 나를 포함한 분향소 지킴이들은 조금 떨어진 서명대에서 참사 진상 규명을 위한 특별법 제정 서명을 받았다. 세월호 서명대에서도 했던 일이라 익숙했지만 이런 일을 또 해야 할 줄은 상상도 못했다. 참사가 또 일어나고 유가족이 분향소를 또 지키고 또 특별법 서명을 받아야 하다니 너무 악몽 같았다. 희생자 가족분들은 1월의 추운 날씨에 영정 사진 옆에 핫팩을 하나씩 올려놓았다. 밤이 늦어 귀가할 때는 영정 사진에 작별인사를 하고 "내일 또 올게!" 하고 떠났다.

*

이태원이 참사 현장이 되기 전, 2021년 11월 20일에 나는 트랜스젠더 추모의 날 행진에 참여했다. 1년 뒤에 10.29 희생자 분향소가 설치될 그 녹사평역에 모여서 우리는 세상을 떠난 트랜스젠더와 성소수자들을 추모했다. 트랜스젠더 당사자들의 발언 속에는 웃음과 눈물과 상실과 사랑이 모두 있었다. 친구이자 소수자로서 생존 투쟁을 함께하던 동료를 추모하고, 재미있었던 일화와 즐거웠던 추억을 얘기하고, 서로 용기를 주고 마음을 북돋우던 순간들을 떠올리며, 그런 발언의 끝에 "하늘에서 우리 잘 보고 있지?" 하고 떠나간 사람을 부를 때는 내가 모르는 사람들에 대한 이야기인데도 눈물이 났다. 그리고 우리는 행진했다.

한국에서는 2016년부터 트랜스젠더 추모의 날 행사를 시작했다고 한다. 2020년에는 팬데믹으로 인

해 온라인으로 진행되었으므로 트랜스젠더 추모의
날 행진이 재개된 것은 2년 만이었다. 그래서인지 추
모 발언과 달리 행진은 떠들썩하고 즐거웠다. 추모
발언을 듣고 행진을 하면서 나는 소수자가 생존하기
위한 원동력, 그 생명력을 조금 이해할 것 같았다. 추
모하지 않기 때문에 떠들썩한 것이 아니었다. 온 힘
을 다해 살았던 트랜스젠더의 존재가 빛나는 만큼,
거기에 어울리게 깊이 추모하고, 온 힘을 다해 기억
하고, 계속 살아남아 투쟁하겠다고 기운차고 강렬하
게 약속하는 것이었다.

　행진 경로는 길지 않았지만 같은 구간을 몇 번
돌았다. 그러면서 모르는 사람들도 합류했다. 지나가
던 외국인 혹은 한국인들이 6색 무지개 깃발과 하늘
색, 분홍색, 하얀색 깃발을 보고 박수를 치고 양팔을
흔들고, 춤을 추며 다가와서 우리와 함께 걸었다. 맥
줏집 발코니에 나와 있던 사람들은 우리가 지나갈 때
마다 박수 치고 환호하며 일어나서 뛰고 춤추었다.
변희수 하사님과, 김기홍 활동가님과, 또 내가 다 알
지 못하는 상실된 사람들, 내몰린 사람들, 떠나간 사
람들을 우리는 그렇게 추모했다.

　나는 이태원에 가본 적이 별로 없다. 트랜스젠
더 추모 행진이 내가 가진 얄팍한 이태원의 추억이

다. 나는 이태원이 계속 그런 장소이기를 원했다. 누구나 웃고 울고 소리치고 춤추며 자유로울 수 있는 곳이기를.

*

2023년 2월 4일, 10.29 이태원 참사 백 일을 맞이하여 진상 규명과 책임자 처벌, 안전대책 마련을 요구하는 집회가 열렸다. 집회 참가자들은 녹사평역 분향소에 모여 추모의 묵념을 한 뒤에 유가족 부모님들을 따라 시청 앞으로 행진했다. 그곳에서 광화문까지 가서 추모제를 진행할 예정이었는데, 서울광장에 분향소를 설치하는 과정에서 경찰과 대립이 길어졌다. 결국 광화문까지 가지 못하고 시청 앞 도로에서 추모 집회를 진행했다.

서울시 공무원들도 나와서 경찰과 합세하면서 분향소를 설치하려는 추모 집회 참가자들과 공권력의 대립이 길어졌다. 주변 분위기가 상당히 거칠어서 나는 분향소가 쓰러지지 않게 천막 기둥을 붙잡고 서 있었다. 영정 사진이 떨어질까 봐 굉장히 무섭고 걱정되었다. 영정 사진 옆에 하나씩 올려져 있던 핫팩을 생각했다. 그걸 올려놓은 유가족분들의 마음을 생각하면 분향소가 쓰러지거나 영정 사진이 바닥에 떨어지는 건 절대로 용납할 수 없었다.

분향소 주변에는 깔개와 생수, 김밥 등을 파는 분들도 와 있었다. 보통 큰 집회를 하면 이런 분들이 오시는데 그날은 광화문에서 민주노총과 합류할 예정이었기 때문에 오신 듯했다. 중노년 여성 두 분이 깔개가 든 커다란 비닐봉투와 바퀴 달린 가방을 가지고 계셨다. 대략 유가족 어머님들과 비슷한 연배의 그분들이 내 눈에는 너무 연약해 보였다. 만약에 분향소 주변에서 싸움이라도 나면 추모 집회 참가자도 아니고 공권력은 더더욱 아닌 애꿎은 이분들이 다칠 것이고, 팔아야 하는 물건은 다 망가질 것이 뻔했다. 나는 그분들께 다른 곳에 계시는 게 안전할 것 같다고 말씀드렸고, 두 분은 얼른 반대편으로 건너갔다. 나는 계속 분향소 천막 기둥을 붙들고 있었다. 다행히 몸싸움은 나지 않았고 민주노총은 시청 앞으로 와서 추모 행진단과 합류했다. 잠시 후 서울시청 앞 도로에 줄지어 앉은 집회 참가자들 사이를 깔개와 생수를 파는 분들이 평화롭게 돌아다니는 모습을 보면서 나는 안심했다.

'참사 백 일'이라고 하면 가장 먼저 떠오르는 기억은 이런 것이다. 세월호 참사 백 일 때 서울광장에서 집회를 마친 유가족분들이 광화문으로 오는 길에 차벽으로 가로막혔다. 나는 서명대를 지켜야 했으므로 서울광장에 가지 않고 광화문에 남았다. 경찰이 아무래도 차 벽을 치워주지 않고 서울광장에서 광화문으로 오는 모든 사람을 무조건 막았다. 당시 단식 중이던 유민 아버님이 세종대로 한복판으로 걸어나가 드러누웠다. 나도 따라 나가서 유민 아버님 머리맡에 앉았다. 세종대로에는 차들이 다니고 있었다. 그래서 나는 도로에 드러누운 유민 아버님을 치려면 나부터 치고 지나가라고 생각했다.

우리 앞에는 차 벽이 가로막고 있었고, 차 벽은 너무 높았다. 앞이 깜깜한 날들이었다.

광화문

세월호 농성장은 2014년 7월 14일 광화문에 처음 생겼다. 4월 16일에 참사가 일어났고 정부가 아무도 구조하지 않았고 처음 듣는 기술 용어들을 이리저리 비비고 꼬며 시간만 끌었고 아이들이 죽었다. 그래서 '세월호 참사 국민대책회의'(416연대) 등 시민단체가 생겨나고 분노한 사람들이 모여서 "아이들을 살려내라"고 외치며 집회를 시작했다.

서울에서는 주로 청계광장에서 집회가 진행되고 을지로와 명동을 돌며 행진했다. 나는 5월부터 토요일마다 집회에 나갔다. 을지로와 명동을 돌면서 "아이들을 살려내라"를 외치면 지나가던 사람들이 박수를 쳐주었다(처음의 공감대는 이후에 돌변한 분위기와 완전히 달랐다). 행진 대열 때문에 버스 차로가 막히면 버스를 타려고 차로를 빙 돌아 지나가던 사람들이 손을 흔들어주었다. 명동 젊음의 거리 앞에서 노점 상인분들이 박수를 쳐주기도 했다. 자녀들을 데리고 행진하러 오신 분들은 반가워하는 노점 상인분들에게 가서 간식과 음료수를 샀다.

유가족분들이 진상 규명 서명을 받기 시작하자 나는 '엄마의 노란 손수건' 회원분들 사이에 껴서 2014년 5월부터 함께 서명을 받았다. '엄마의 노란 손수건'은 안산 지역 주민들이 중심이 되어 만들어진 시민단체인데 나를 포함해서 안산 지역 거주자가 아닌 참가자도 많았다. 세월호 참사는 희생자 수도 많은 데다가 수많은 사람들이 배에 갇혀 죽어가는 상황이 전국에 실시간으로 중계방송된 충격이 너무 컸다. '엄마의 노란 손수건' 말고도 전국적으로 뭐라도 해야겠다는 절박한 마음에 거리로 뛰쳐나온 분들이 아주 많았다.

세월호 참사 유가족분들은 단원고 희생자 부모님들이 중심이 되어 전국을 돌며 참사 상황을 알리기 시작했다. 전세 버스를 타고 목적한 도시에 도착해서 간담회를 하고 서명을 받고, 잠은 버스에서 자면서 다음 도시로 이동해 숙소에서는 몸만 씻고 다시 간담회를 하고 서명을 받으며 전국을 순회하는 강행군이었다. 그런 끝에 2014년 7월 12일, 청계광장에 도착한 유가족분들은 집회에 참가한 뒤에 곧바로 국회로 향했다. 그곳에서 국회 앞 농성이 시작되었다.

나도 함께 서명 받던 동지들을 따라서 국회로 갔다. 희생자 부모님들과 함께 들어가지 않은 사람들은 곧 뒤에서 경찰에게 막혔다. 용혜인 의원(그때는 의원이 아니었지만)이 뒤늦게 국회로 왔는데 경찰이 들여보내주지 않아 안에 계시던 부모님들이 나가서 유가족이라고 주장하며 데리고 들어와야 했다. 그런 식이었다.

나가면 다시 들어올 수 없을 것 같아 국회 본청 계단에 앉아 밤을 샜다. 7월 17일 제헌절을 기념하는 현수막이 본청 앞에 걸려 있었고 멀리 보이는 여의도의 불빛은 보석처럼 아름다웠다. 그리고 '가만히 있으라'는 말만 던지고 아무도 구조하지 않는 가운데 자식을 잃은 부모님들이 본청 앞에 모여 앉아 있었다. 형광 초록색 조끼를 입은 경찰들이 본청 문 앞에 줄지어 서서 건물 안으로 들어가지 못하도록 막았다. 같이 서명 받던 사람들 중 누군가 짜장면을 주문했다. 배달 아저씨는 아무 문제 없이 들어올 수 있었다(나중에 참사 1주기 때 광화문 현판 밑에서 농성할 때도 삼청동 주민들은 경찰한테 막혔는데 햄버거 배달하시는 분은 아무 문제 없이 자유롭게 농성장에 드나들 수 있었다). 나의 서명 동지들은 주문한 음식을 가지고 오신 배달원에게도 세월호 진상 규명 서명을 받았다.

국회 본청 계단 앞에 앉아서 나는 피곤하지만 잠을 잘 상황은 아니라서 모기를 쫓으며 그냥 웅크리고 있었다. 뒤에서 부모님들이 앞으로의 계획을 의논

하시는 소리가 웅성웅성 들려왔다. 조그만 논쟁도 일어났다. 어째서 ○반이 모든 결정을 하는가, 어째서 다른 반 의견은 들어주지 않는가, 그런 논쟁이었다. 어느 아버님이 말했다.

"우리가 왜 이러고 있는지 생각해보시라고요! 다 애들을 위해서잖아요!"

늦은 밤의 국회가 조용했기 때문에 말소리가 똑똑하게 들렸다. 주위가 순식간에 조용해졌다. 그리고 잠시 후에 부모님들은 차분해진 목소리로 조용히 소근소근 논의를 이어가기 시작했다.

그때부터 나는 세월호 부모님들을 무조건 믿기로 했다.

＊

2016년 6월 초, 나는 인생 최대의 무모한 여행을 감행했다. 영국 런던의 킹스 칼리지에서 열린 한국학 학술대회에 가서 세월호 추모 방식에 대한 발표를 한 것이다. 학술대회는 6월 4일 토요일이었고 6월 6일 월요일이 현충일이었기 때문에 나는 6월 3일 금요일에 수업을 마치자마자 인천공항으로 가서 곧바로 비행기를 타고 방콕을 경유하여 17시간 비행 끝에

(예산과 일정에 맞는 비행기가 그것뿐이었다) 현지 시간으로 6월 4일 아침에 런던에 도착해 곧바로 학술대회장에 가서 발표를 한 뒤 숙소에서 쓰러져 자고 다음 날 비행기를 타고 돌아오면 6월 5일은 공중에서 사라지고 6월 6일에 귀국해 잠시 쉬고 6월 7일 화요일에 수업하러 가는 일정이었다.

왜 그런 짓을 했냐면, 2016년에 접어들자 아무도 세월호 이야기를 하지 않았기 때문이다. 2015년 1주기 때처럼 광화문 현판 앞에 앉아 있기만 해도 경찰이 와서 차 벽으로 막고 아버지들 목을 졸라 연행하고 어머니들 눈에 최루액을 뿌리거나 하지 않았다. 농성장에 보수단체들이 쳐들어오지도 않았다. 언론에서도 세월호 얘기를 하지 않았다. 세월호 참사 특별조사위원회 활동 종료 저지라든가 선체 인양이라든가 진상 규명을 위해서 할 일이 많은데 아무리 외쳐도 아무도 듣는 것 같지 않았다. 그래서 나는 아무도 들어주지 않으면 학술 발표라도 해서 어딘가의 논문 데이터베이스에 자료라도 남기기로 결심했다. 실제로 이스라엘에서 한국 민속학을 연구하는 교수님과 공동으로 세월호 추모의 방식과 노란 리본의 기원에 대한 논문을 두 개 썼다.

귀국하고 나서야 나는 내가 발표 자료와 비행기

표와 여행 일정에 정신이 팔린 사이에 또 한 사람이 억울하게 죽었다는 사실을 뒤늦게 알았다. 나와 같은 비정규직이었다. 지하철에서 스크린도어 수리 작업을 하는데 지하철이 와서 치었다고 했다. 2인 1조로 작업해야 했고, 한 명이 작업하다 무슨 일이 생기면 다른 한 명이 지하철 기관사에게 연락했어야 했는데 그 다른 한 명이 없었다. 사망한 비정규직 노동자의 유품에서 컵라면이 나왔다.

서울메트로는 고인이 본인 실수로 사망했다고 피해자를 탓했다. 그래서 시민단체와 노동조합 등이 진상 규명을 요구하며 행진하기 시작했다. 나도 행진에 따라갔다. 구의역에서 건대병원으로 행진했고 고인의 친구와 동료들의 발언을 들었다. 그리고 다들 빈소로 줄지어 들어가는 바람에 얼떨결에 따라 들어갔다. 그 상황에서 도망칠 수는 없었지만 정말로 도망치고 싶었고 도망치지 않은 것을 후회했다. 억울하게 죽은 비정규직 노동자의 이름은 세월호 희생자 어느 학생의 이름과 같았고 빈소에서 마주한 영정 사진 속 얼굴도 다른 세월호 희생자와 닮았다. 절을 하고 나오는데 숨을 잘 쉴 수 없었다. 서울메트로 책임자였던 당시 서울시장이 사과하고 서울메트로 고위 임원들이 단체로 사표를 내고 나서야 시민들의 분노와 진상 규명 요구는 조금 진정되었다. "너의 탓이 아니야." 추모하는 젊은이들이 또래의 죽음을 애도하며 포스트잇에 이렇게 써서 스크린도어에 붙였다. "너의 탓이 아니야."

그리고 잠수사 김관홍 님이 세상을 떠났다. 세월호 의인. 민간 잠수사들은 세월호 희생자들을 수습하며 무리해서 작업한 결과 잠수병을 비롯한 여러 가지 신체적 질병과 함께 거대한 정신적 트라우마를 얻었다. 해경과 당시 정권은 민간 잠수사들에게 노동에 대한 대가를 제대로 지급하지 않았고 질병과 트라우마에 대한 보상은커녕 민간 잠수사의 죽음에 대한 책임을 다른 민간 잠수사에게 물어 고발하기도 했다. 김관홍 님은 해경에서 받은 상장 따위 필요 없다며 세월호 문화제에서 분개하여 상장을 찢었다. 나는 김관홍 님을 직접 만난 적이 없다고 생각했는데, 핸드폰에 사진이 있었다. 돌아가셨다는 소식은 충격이라기보다 물리적인 타격처럼 느껴졌다. 누군가 명치를 힘껏 때린 것 같았다.

사람이 계속 죽었다. 장례식이 정말 싫었다. 서명대 동지가 푸념처럼 하는 말대로 "어제가 가장 좋은 날"이었다. 그래서 2017년에 탄핵이 인용되고 정권이 바뀌었을 때 나도 다른 많은 사람들처럼 세상이 조금 좋아질 줄 알았다. 노동자들이 고공농성도 하지 않고 일하다 죽지도 않을 줄 알았다. 나는 순진했다.

*

세월호가 인양되던 날에 스텔라데이지호가 침몰했다. 다국적 선박이었는데 한국인 선원 여덟 명이 타고 있었다. 배가 침몰하는 편이, 인명 피해가 큰 편이, 선주가 보험금을 더 받게 되기 때문에 이익이라고 했다. 스텔라데이지호 선원 가족들은 광화문에 와서 세월호 유가족과 함께 한국인 선원 여덟 명을 구조해달라는 서명을 받았다. 해수부도 외교부도, 한국 배가 아니기 때문에, 선주가 한국인이 아니기 때문에 방법이 없다고 했다. 스텔라데이지호 부모님들은 구명정을 상징하는 오렌지색 리본을 달고 청와대 앞에서 농성했다. 3년 전에 세월호 부모님들이 농성했던 그곳이었다.

나는 스텔라데이지호 선원 가족분들과 함께 서명을 받았다. 목포에 가서 진실 규명 행진을 하고 인양된 세월호를 보고 목포 시민단체 여러 분들과 함께 리본도 만들었다. 목포는 서울하고 분위기가 완전히 달랐다. 우리는 환대받았다. 목포신항으로 향하는 다리에 노란 리본이 사방에 온통 걸려 있어서 나는 버스를 타고 가면서 울었다.

목포 시민단체 소속으로 내 옆에서 같이 리본을 만든 여자분은 세월호가 작은 배라고 했다. 나는 육지에서만 살아서 배에 대해 모르는데 그분은 평생 바닷가에서 사셨으니 아마 여러 가지 배를 많이 보셨을 것이다. 여자분은 리본을 만들면서 저렇게 작은 배를 왜 3년이나 못 건지고 그렇게 여러 사람을 고생시켰냐며 분노했다.

미수습자 아홉 명 중에서 세 명이 배를 인양하자마자 발견됐다. 단원고 2학년 1반 조은화, 2학년 2반 허다윤, 일반인 승객 이영숙 님. 단원고 고창석 선생님은 그보다 조금 더 시일이 지나서 발견됐다.

단원고 2학년 6반 박영인, 2학년 6반 남현철, 단원고 양승진 선생님, 일반인 승객 권재근 님, 아들 권혁규 님. 다섯 분은 끝내 발견되지 않았다.

2018년 10월에 미수습자 수색이 종료되었을 때 현철이 아버님이 "끝내 돌아오지 못한 다섯 명을 잊지 말아달라"며 오열하다 결국 무너지셨다.

나는 잊지 않는다.

영인이, 현철이, 양승진 선생님, 권재근 님 그리고 꼬마 혁규.

수색이 종료된 후에 다섯 분은 시신 없는 장례를 치렀다. 혁규 동생은 고모 품에 안겨서 조문객들을 낯설어했다. 혁규 동생은 참사 당시 혁규보다 더 크게 자라 있었다.

*

2023년 6월 8일, 이태원 참사 유가족 협의회는 국회 회기가 끝나기 전까지 이태원 참사 특별법을 제정하라는 염원을 담아 서울광장 분향소 앞에서 국회까지 매일 걷는 행진을 시작했다. 나는 6월 19일에 참여했다. 서울광장 분향소에서 국회 앞까지 약 8킬로미터 정도를 세 시간에 걸쳐서 걸었다. 굉장히 더웠지만 행진은 그냥 평온하게 진행되었고 다른 여름 행진들과 비교하면 별로 힘들지는 않았다. 중간에 진보당 사람들이 응원하는 손 팻말을 들고 거리에 나와서 함성도 외치고 박수도 쳐줘서 기운이 났다. 그러던 중 내 앞에서 걷고 있던 젊은 여자분을 향해 노년 여성이 빠르게 다가오길래 긴장했는데, 그분은 행진하는 여자분 손을 잡더니 울기 시작했다. 아마 누군가 소중한 사람을 상실한 경험을 하셨으리라. 행진 참가자의 손을 놓은 뒤에도 거듭 눈가를 닦으며 우리가 걸어가는 모습을 지켜보았다. 남의 일이 아니라는 마음을 마주칠 때마다 고맙기도 하지만 너무 슬프기도 하다.

6월 20일에 유가족분들은 국회 앞 농성장에서 이태원 참사 특별법 제정을 위한 단식에 돌입했다. 다행히 이 단식은 6월 30일에 국회가 이태원 참사 특별법을 신속 처리 안건으로 지정하면서 11일 만에 끝났다. 참사 유가족이 진상 규명을 위해서 단식하는 모습을 또 봐야 하게 된 것만으로도 끔찍했는데 당사자분들 마음은 어떠실지 알 수 없다. 나는 이 참사에 책임이 있는 여러 조직과 개인들을 마음속 깊이 저주하고 있다.

집회 사람들 1

2014년 여름, 세종대로 사거리에서 횡단보도 두 개가 연결되는 곳 바로 앞, 사람들의 통행량이 가장 많은 위치에 서명대가 놓였고 그 뒤쪽, 이순신 장군 동상 바로 앞에 세월호 단식 농성장이 있었다. 서명대에 서 있으면 앞으로는 사람들이 지나갔고 등 뒤에서는 참사 희생자의 아버님들이 죽어가고 있었다. 서명을 받으면서 나는 뒤를 차마 돌아볼 수가 없었다.

서명을 받을 때 대형 스크린에서 희생 학생들의 휴대전화에서 복구한 마지막 순간의 영상들이 끊임없이 반복 재생되었다. 부모님들이 스스로 결정하신 일이었지만 모두에게 견디기 쉽지 않았다. 스크린은 서명대의 왼편에 일렬로 설치돼 있었으므로 서명대에서는 고개를 돌리지 않으면 스크린을 볼 수 없었다. 그래서 희생 학생들의 모습을 계속 볼 필요는 없었다. 하지만 목소리만은 계속 들어야 했다. 예슬이의 "살아서 만나자"라는 차분한 한마디, 동협이의 "난! 꿈이 있는데! 난! 살고 싶은데!"라고 외치는 목소리.

배가 고파 근처에서 햄버거를 먹으면서 아이들이 죽었는데, 유가족 부모님들이 쓰러지셨는데, 나는 무슨 자격으로 햄버거 같은 걸 입에 집어넣고 있는지 생각했다. 햄버거는 아무 맛도 없었고 종이를 씹는 것 같았다. 서명대는 밤 9시까지 운영했고 배가 고프면 서명을 계속 받기 힘드니까 나는 억지로 먹었다.

*

　마지막까지 남아 단식했던 유민 아버님 곁에는 변호사 선생님이 항상 함께 계셨다. 눈빛이 날카로운 젊은 남자분이었다. 처음에 농성장에 왔을 때는 반짝이는 하얀 와이셔츠에 손을 대면 벨 듯 빳빳하게 다린 바지를 입고 있었는데, 농성장에서 머무르는 날들이 길어지면서 와이셔츠는 구겨지고 바지는 주름 투성이가 되어 후줄근해졌다. 하지만 변호사님의 눈빛은 조금도 수그러들지 않았다.

　농성장은 항상 시끄러웠고 언제나 무슨 일인가 벌어졌다. 극단적인 정치 성향과 잘못된 현실 인식에 물든 여러 연령대의 사람들이 여러 가지 이름을 스스로 주장하며 몰려와서 서명대를 뒤엎기도 하고 유민 아버님에게 여러 가지 무례와 폭력을 저질렀다. 그럴 때면 항상 변호사 선생님이 아버님 앞으로 나서서 온몸으로 막았다.

　나중에 2015년 가을에 박근혜 정부가 역사 교과서 국정화를 선언하면서 성난 역사 선생님들이 광화문에서 집회를 열었을 때 변호사 선생님을 다시 만났다. 농성장에서 처음 뵈었을 때처럼 새하얗게 반짝이는 와이셔츠와 빳빳하게 다린 바지를 입고 왔는데 그분이 웃는 얼굴을 1년 만에 처음 보았다. 제대로 인사를 나누고 몇 마디나마 잡담을 해본 것도 그때가 처음이었다. 변호사 선생님은 조용하고 부드러운 분이었다. 자녀들이 아주 어린데, 부인한테 전부 맡겨두고 몇 달이나 농성장에서 살다 보니 여러 가지로 힘드셨다고 했다. "먹고 살아야죠" 하고 변호사 선생님은 유민 아버님이 단식을 그만두신 뒤에 농성장을 떠날 수밖에 없었던 이유를 말하며 조금 쑥스럽게 웃었다. 나는 무척 고마웠다. 지금도 고맙다. 아마 앞으로도 계속 고마울 것이다.

누군지 모르지만 고마운 분들도 있다. 어느 날 서명대에 노년 남성이 오셔서 서명지를 유심히 들여다보기 시작했다. 원체 여러 사건들을 매일 겪다 보니 서명대에 있던 사람들 모두 긴장했다. 이분은 일단 서명을 한 뒤에 전화기를 꺼내서 어딘가에 전화를 하기 시작했다. 그러면서 서명지에 계속 서명을 했다. 가만히 보니 연락처에 저장된 모든 사람에게 전화해서 세월호 서명을 했는지 물은 뒤에 상대방이 아마도 안 했다고 대답하는 것 같으면 "그런 중요한 걸

왜 여태까지 안 했냐"고 마구 야단치면서 상대방의 주소(동까지만 쓰면 된다)를 묻고 "내 지금 서명할 테니까 그렇게 알라"고 선언한 뒤에 서명지를 한 칸 한 칸 채워나가고 있었던 것이다. 이 남자분은 그날 혼자서 20명분 서명을 따내고 흡족해하며 떠났다.

청소년 따님과 함께 찾아온 어느 아버지가 나에게 세월호 특별법의 필요성에 대해서 물었다. 나는 국회 간담회에 갔을 때 들은 내용을 최대한 간단하게 요약해서 말하고 다른 참사 유가족들도 연대하고 있다고 알렸다. "예를 들면 씨랜드 참사에서 쌍둥이 딸을 잃으신 아버님이…"까지 말했을 때 얘기를 듣고 있던 남자분이 표정이 확 굳어지더니 당장 볼펜을 집어 들고 서명했다. 그리고 따님도 서명했다. 남의 일이 아니라는 마음들이 모여서 그렇게 서명지를 한 칸씩 채워나갔다.

*

세월호 농성장에는 외국인들도 많이 와서 서명해주었다. 특히 나는 외국어 전공자라서 외국인들을 주로 상대했기 때문에 2014년 여름부터 2019년 세월호 천막이 기억 공간으로 바뀌고 2021년에 철거될 때까지 광화문에서 많은 외국인들을 만났다. 미국, 일본, 호주, 유럽 등 익숙한 지역에서 온 사람도 많았지만 몽골이나 아프가니스탄 등 평균적인 한국 사람들에게는 낯선 지역에서 온 사람도 많았다.

2014년 당시 홍콩에서는 홍콩 대통령에 해당하는 행정장관 직접선거를 요구하는 '우산혁명'이 일어나고 있었다. '우산혁명'의 상징이 노란 리본이었기 때문에(홍콩에서 투표소 표시는 노란색이고, 투표소 자원봉사자나 투표 진행요원들은 노란 조끼를 입는다고 한다) 홍콩에서 온 관광객들은 서명대에서 나눠주는 노란 리본에 즉각 호의적인 반응을 보였다. 상황을 설명하면 참사 당시에는 구조도 하지 않고, 참사 이후에는 진상 규명도 대책 마련도 하지 않는 정부에 함께 분노하면서 서명해주었다. 홍콩 관광객들은 서명한 후에 노란 리본을 내밀면 아주 기뻐하며 받아갔다.

2014년 7월 18일경, 광화문에 세월호 농성장이 생긴 지 얼마 안 되었을 때 서명대에 찾아왔던 말레이시아인 부부를 기억한다. 부인 쪽이 원해서 남편과 함께 서명대에 찾아온 것 같았다. 푸른 옷으로 머리부터 발끝까지 감싼 부인에게 내가 상황을 설명하려

하자 젊은 부인이 내 말을 막았다.

"Our plane fell. We know."(우리는 비행기가 추락했다. 우리도 안다.)

2014년 7월 17일(네덜란드 현지 시간), 말레이시아 항공 MH17편은 승객 283명과 승무원 15명, 도합 298명을 태우고 네덜란드 암스테르담 국제공항을 출발하여 말레이시아 쿠알라룸푸르로 향하던 도중 우크라이나 동부 도네츠크 지역 상공에서 사라졌다. 당시 2014년 3월부터 러시아가 사주한 우크라이나 반군이 도네츠크주(州)와 그 바로 남쪽의 루한스크 주(州)에서 반란을 일으켜 이 일대는 분쟁 지역이 되어 있었다. 우크라이나 정부는 러시아군이 민간 항공기를 격추했을 것으로 추정했으나 러시아 정부는 입을 꼭 다물고 말레이시아 항공기 실종 사건이 아예 일어나지도 않은 듯 무시했다. 말레이시아 정부도 실종 여객기와 그 안에 탄 승객들을 찾기 위한 별다른 노력을 하지 않았다.

이런 일들을 나는 그날 집에 가서 뉴스를 보고서야 알게 되었다. 일반 시민 수백 명을 태운 대형 교통수단이 사라졌는데 정부가 진상 규명도 생존자 수색도 사망자 수습도 아무것도 하지 않고 손 놓고 쉬쉬하는 상황…을 2014년 7월의 말레이시아 사람에게

군이 설명할 필요는 없었던 것이다. 그날 푸른 옷을 입은 젊은 말레이시아인 여성의 "우리도 안다"는 짧은 말, 그 목소리와 표정을 나는 평생 잊지 못할 것이다. 너무 고맙고, 너무 참담하고, 너무 슬프고 원통했다. 그 부부는 세월호 서명대에 와서 서명을 해주었는데, 나는 MH17편 피해자를 위해 할 수 있는 일이 없었다. 그래서 나는 잊지 않기로 했다.

러시아군 장교가 우크라이나 반란군에게 (나중에 MH17편이라고 밝혀진) 여객기를 격추하라고 명령하는 대화가 녹음된 녹취록을 한참 뒤에 우크라이나 정부가 입수하여 공개했다. 러시아 정부는 긍정도 부정도 하지 않았다. 이런 상황들을 나는 차근차근 기록했다. 나중에 2022년 11월 말레이시아에서 열린 조지타운 문학축제에 갔을 때 나는 그 "우리도 안다"는 한마디가 얼마나 참담하고 슬프고 고마웠는지 이야기하고 말레이시아 청중들에게 감사했다. 그리고 조금 울었다. *

* 비행기는 네덜란드에서 출발했으므로 탑승객 중에 백인
  유럽인도 상당수 있었다. 이 백인 승객들의 유가족이
  유럽에서 백인 변호사를 고용해서 유럽 법정에 제소를 하자
  러시아 정부는 2019년에야 비로소 비행기 잔해와 승객들의

시신을 양도했다. 승객들의 시신에는 5년이 지났는데도 러시아군이 사용했던 미사일 파편이 그대로 박혀 있었다. 2024년 1월 국제사법재판소(ICJ)는 러시아의 '테러 행위'는 인정하면서도 MH17편 격추의 직접적인 책임을 부인하는 모호한 판결을 내놓았다.

지하철역

세월호 농성장에 있으면서 가장 고마웠던 분들은 전국장애인차별철폐연대(전장연)다. 세월호 참사 희생자 가족분들이 광화문에서 돌바닥에 주저앉아 7월의 땡볕 아래 아무 준비도 없이 그냥 단식을 시작했을 때 전장연은 이미 광화문 지하철역에 장애등급제와 부양의무제 폐지를 요구하는 농성장을 차리고 농성을 한동안 하는 중이었다.

장애등급제는 장애를 '의학적으로' 분류하여 6개 등급으로 구분해 지원에 차등을 두는 제도이다. 장애등급제는 사람 몸에 고기처럼 등급을 매겨서 결과적으로는 국가가 장애 지원을 최소화하는 구실로 사용되고 있다. 부양의무제는 가족에게 소득이 있으면 수급권을 제한하는 악명 높은 제도이다. 돌봄과 지원을 국가가 아닌 가족 구성원들이 책임지라고 떠넘기는 제도인 것이다. 가족 중 누군가는 자기 삶을 포기하고 장애인 혹은 노인을 죽을 때까지 돌봐야 한다. 이 때문에 장애인이 가족에게 살해당하는 사건까지 일어나곤 한다. 국가와 사회가 제도적으로 돌봄과 지원을 보장한다면 일어나지 않았을 비극들이다. 전장연 농성장에는 장애등급제와 부양의무제로 인해 죽어간 장애인 동지들의 분향소가 차려져 있었다. 그 숫자는 너무 많았다.

전장연 동지들은 세월호 농성장의 가장 든든한 버팀목이었다. 전장연 동지들의 도움이 없었다면 세월호 특별법도, 이후의 여러 세월호 진상 규명 활동들도, 세월호 농성장과 그 주변에서 열렸던 다양한 집회들도 없었을 것이고 촛불집회는 대단히 힘들었을 것이며 정권 교체도 아마 없었을 것이라고 생각한다. 전장연은 힘세고 멋지다. 나는 열렬한 전장연 팬이다.

세월호 유가족 부모님들이 땡볕에 지치면 전장연 동지들이 광화문역 지하에 있는 시원한 농성장에 누워 있을 자리를 내주었다. 생수도 얻어 마셨다. 광화문 지상 세월호 농성장에 상황실이 생기기 전에는 서명대 물품도, 피켓도 전부 전장연 농성장에 맡겼다. 전장연도 장애등급제, 부양의무제 폐지 서명을 받고 있어서 세월호 서명대 사람들은 모두 다 서명을 했다. 그리고 우리도 전장연 서명대 한번은 지켜드리고 서명도 받아야 할 텐데, 말만 하다가 시간이 흘러 결국 전장연 농성이 끝날 때까지 세월호 서명대 사람들이 한 번도 제대로 가서 일을 도와드리지 못했다. 심지어 쓰레기 치울 때도 전장연 쓰레기봉투를 같이 썼다. 온갖 민폐를 다 끼쳤는데 전장연 동지들은 한마디도 불평하지 않았다. 딱 한 번, 금속노조 사람들이 세월호 농성장에 와서 함께 노란 리본을 만들었을 때 서명대 사람들이 노란 리본 목걸이를 걸고 있는 것을 보고 전장연 동지들이 몇 개만 줄 수 없냐고 조심스럽게 부탁하신 적이 있었다. 그렇게 신세를 지면서 공짜로 나눠주는 목걸이 몇 개 갖다 드릴 생각을 못한 것이 너무 죄송했다. 물론 당장 한 뭉텅이 가져다 드렸다.

*

세월호 농성장에서 문화제가 열리면 전장연 동지들도 와서 자리를 채워주었다. 그래서 나도 전장연 동지들이 집회를 하면 부르지 않아도 가서 참석하곤 했다. 장애해방운동에 대해서, 장애운동의 열사들에 대해서 그때 처음 배웠다. 학교 역사 수업에서 장애의 역사에 대해서는 가르치지 않는다. 민주화운동이 한창일 때 신문에 이름이 오르내리고 열사로 기념되는 사람들은 모두 비장애인이었다. 그분들의 노력을 폄하하려는 게 아니다. 대한민국 민주화를 위해, 가난한 사람과 장애인과 저학력자와 소외 계층을 위해 헌신한 분들의 이름도 대학생들의 이름 옆에 나란히 서야 공정하다는 말을 하고 싶은 것이다.

예를 들면 이덕인 열사는 1990년대에 인천에서 노점상을 하며 빈민운동, 장애인운동에 참여했다가 인천시청 철거반과 경찰 등의 공권력에 의문사 당해 1995년 11월 인천 앞바다에서 시신으로 발견되었다. 이덕인 열사의 이야기는 민주화운동기념사업회 홈페이지에도 기록되어 있다. 발견된 시신의 양손이 묶여 있었기 때문에 유가족은 진상 규명을 위해 부검을 요구했다. 그러나 유가족은 한편 경찰 폭력으로 이덕인 열사가 사망했다면 부검을 위해 경찰에 시신을 인도한 뒤에 무슨 일이 일어날지 알 수 없다고 생각했다. 그래서 유가족과 경찰은 경찰 폭력의 가장 중요한 증거물인 이덕인 열사의 시신을 두고 대치하다가 마침내 정당하고 철저한 부검을 한다는 합의서에 서명했다. 하지만 경찰은 합의를 무시하고 부검실 벽을 부수고 들어가 이덕인 열사의 시신을 탈취했다. 며칠 뒤에 유가족이 시신을 간신히 돌려받았을 때 시신은 증거 능력이 없을 정도로 훼손된 모습이었다. 점잖게 말해서 '훼손'인데, 내장 기관이 사라져 있었다고 한다. 국립과학수사연구원은 이덕인 열사가 스스로 물에 뛰어들어 익사했다고 결론지었다. 경찰은 사과하지 않았다. 이덕인 열사의 부모님과 형님은 아직도 인천시청 앞에서 항의시위를 하고 있다.

나는 90년대에 민주화운동 중에 경찰 폭력으로 숨진 열사는 노수석 열사밖에 알지 못했다. 이덕인 열사에 대해서는 2015년 전장연이 진행한 이덕인 열사 20주기 추모 집회에서 처음 알았다. "서울 거리에 턱을 없애주시오"라고 외친 김순석 열사에 대해서도 전장연 집회에서 처음 배웠다. 바퀴 달린 가방을 끌며 보도에서 턱이 없는 곳을 지나 횡단보도를 건널 때 나는 턱 없는 거리를 위해 누군가 목숨을 바쳤을 것이라고는 상상도 하지 못했다. 세상은 저절로 좋아지지 않는다. 그런데 살아서 장애인이기 때문에 차별당했던 분들은 그토록 온몸을 던져 사회가 조금이라도 앞으로 나아가도록 애쓰고 노력했건만 죽어서도 장애인이라서 그냥 묻히거나 지워졌다. 대학생들이 대학에서, 거리에서 활동했다면 장애인 열사들, 빈민운동 열사들은 대학생들이 알지 못하거나 가지 못하는 장소 곳곳에서 인권과 평등을 위해 목숨을 바쳤다. 어느 한쪽은 인정받고 다른 한쪽은 그냥 사라져버린다는 것은 진심으로 서럽고 억울한 일이다.

전장연 집회에 참여하면서 또 한 가지 깨달은 것은 광화문을 포함하여 시내에 장애인이 접근할 수 있는 음식점이나 편의시설이 정말 부족하다는 사실이다. 전장연 집회에서는 대부분 식사가 나왔다. 다른 어떤 집회에서도 식사가 당연하게 제공되는 모습은 본 적이 없다. 전장연 동지들은 세월호 농성장 사람들에게 집회 소식을 알릴 때 반드시 "밥 먹고 가세요"라고 권했다. 광화문 인근에, 그리고 서울에, 대한민국에 휠체어 여러 대가 쉽사리 들어갈 수 있는 음식점이 없기 때문이다.

광화문에서 서울시청까지 대부분의 음식점들은 휠체어 사용자는 아예 접근할 수 없는 경우가 많다. 입구가 너무 좁거나 입구에 턱이 있거나 계단이 있었다. 특히 광화문광장 인근 음식점들은 가파르고 좁은 계단을 올라가거나 내려가야 접근할 수 있는 경우가 많았다. 경사로 등 다른 접근 경로는 없었다. 큰 집회에는 다른 지역 장애인차별철폐연대 동지들도 일부러 서울까지 와서 참여하는데, 이런 동지들은 집회에서 식사가 제공되지 않으면 종일 밥을 못 먹을 수도 있는 것이다. 전장연 동지들이 2017년에 장애등급제와 부양의무제 폐지를 외치며 청와대 앞까지 행진했다가 돌아올 때 순댓국집 앞에서 한참 망설이다가 그냥 돌아서는 모습이 마음에 아직도 크게 남아 있다. 그 순댓국집은 입구도 내부도 꽤 넓었는데 미닫이문 앞에 턱이 있었다. 장애인 동지들에게는 세상이 다 이런 식이다. 이 사실을 깨닫고 나서 나는 음식점에 갈 때마다, 화장실에 갈 때마다 여기가 휠체어가 들어올 수 있는지 없는지 살펴보는 버릇이 생겼다. 휠체어가 들어올 공간이 있다면 수동 휠체어보다 크기가 큰 전동 휠체어까지 움직일 만한 공간인지도 따져 본다.

*

전장연 지하철 선전전에도 나는 최대한 가려고 애쓰고 있다. 신세 진 걸 다 갚을 만큼 그렇게 열심히 참여하지는 못했지만 할 수 있는 한 간다. 지하철 선전전은 여름에는 시원해서 좋은데 겨울에는 매우 춥다. 지하철이 들어올 때, 지나갈 때는 굉장히 시끄럽다. 그리고 안 그래도 승강장이 좁은데 경찰과 서울교통공사 직원들이 구름처럼 몰려와 있어서 전장연 동지들은 잘 보이지도 않는다(아마 안 보이게 가리려고 그렇게 많이들 몰려오는 모양이다). 지하철 선전전을 할 때는 행진 같은 건 못 하기 때문에 그냥 한 시간 정도 피켓을 들고 서서 발언을 듣는다. 이전에는 그냥 서서 발언 듣고 다 같이 사진 찍고 헤어졌는데, 2023년이 토끼해라서 장애인 야학운동 하시는 동지들이 2022년 말부터 토끼 인형을 가지고 왔다. 그래서 나는 피켓과 함께 토끼 인형을 소중하게 들고 토끼와 함께 선전전을 했다. 『저주토끼』 작가로서 자랑스러웠다.

전장연 행진을 할 때나 지하철 선전전을 할 때, 장애인들이 눈에 띄니까 유난히 욕하는 사람이 많다고 느끼곤 했다. 한번은 지하철 타기 시위를 하면서 시청역에서 국회의사당역으로 이동할 때 당산역에서 갈아타려고 휠체어 사용하는 동지들이 한 줄로 서고 나머지 사람들은 옆에서 피켓을 들고 걸으면서 이동했다. 그런데 어떤 사람이 불쑥 다가와서 휠체어 사용자 동지를 때리려고 했다. 아주 비겁하고 야비하게, 옆에서 걸어가는 비장애인은 건드리지 않고 휠체어 사용자만 공격했다. 다행히 경찰이 와서 막아주었다. 그런데 '다행히'가 아니고 이런 사람들은 폭행죄로 기소하고 재판해서 벌금이라도 좋으니 처벌을 해야 한다. 대한민국은 비장애인이고 체력적으로 유리할 것 같으면 아무나 남을 때리고 공격해도 되는 야만 국가가 아니라는 걸 사법부가 보여줘야 하는데 별로 그런 의지가 없는 것 같다.

2023년 12월이 되자 서울교통공사와 지하철 보안관은 혜화역에서 시위하는 전장연 활동가들을 강제로 '퇴거'시키기 시작했다. 12월 4일 월요일부터 12월 8일 금요일까지 차별금지법제정연대, 민주노총, 4대 종단(개신교, 천주교, 불교, 원불교) 등 여러 단체가 순서를 정해 전장연과 함께 장애인권을 외치는 기자회견을 열었다. 나는 12월 8일 마지막 날에 참여했다. 기자회견 참가자들이 다 모이기도 전부터 지하철 보안관들이 가림막을 치기 시작했다. 가림막을 치면서 지하철 보안관들은 우리더러 들으라는 듯이 대화하면서 "이쪽이 공격", "저쪽이 방어" 같은 용어들을 흘렸다.

장애인 동지들은 휠체어를 타고 있으며 물리적으로 저항하지 않았고 저항할 방법도 없었다. 비장애인들은 손에 천으로 만든 현수막이나 종이 피켓을 들고 있었다. 지하철 보안관들이 우리를 '공격'하거나 우리로부터 스스로를 '방어'해야 할 이유가 전혀 없었다.

우리는 가림막 안으로 밀렸다. 지하철 승강장은 좁고 긴데, 양옆으로 지하철 보안관과 서울교통공사 직원들이 막은 상태에서 승강장 반대편 벽으로 밀리자 도망칠 곳도 빠져나갈 방법도 없었다. 나는 벽 앞에 서 있던 수녀님들과 함께 밀리고 또 밀렸다. 수녀님들은 아무 말도 하지 않고 그저 견뎠다. 전장연 활동가들이 항의하자 서울교통공사 직원과 지하철 보안관들은 더 세게 밀었다. 서울교통공사가 시작한 몸싸움과 함께 혜화역장이 "전국장애인철폐단체(장애인 차별을 철폐하는 연대가 아니라 장애인을 철폐하는 단체?) 불법시위 때문에 지하철이 정차하지 않는다"고 방송했다. 지하철이 무정차로 지나갔다. 우리는 승객이 오가지 않고 일반 시민들이 볼 수 없는 곳에서 벽으로 밀리고 눌리고 밟혔다.

그 며칠 전에 나는 영화 〈서울의 봄〉을 보았다. 휠체어 탄 장애인에 대해 '공격'이니 '방어'니 하는 말을 신나게 늘어놓는 지하철 보안관들을 보면서 나는 "오늘 북한 안 쳐들어온다"던 군사 반란 지휘자의 대사를 생각했다. 지하철 보안관들이 장애인을 '공격'하기 위해 좁은 승강장 한곳에 전부 모여 있을 때 지하철에서 누군가 정말로 범죄를 저지른다면 어떻게 할 것인가? 혜화역에 정차하지 않고 그냥 지나친 출근길의 빽빽한 지하철 안에서 도망칠 곳도 없는 승객들이 진짜 범죄에 노출된다면?

아마 그때도 해당 기관 책임자들은 장애인 탓을 하면 모든 일이 해결된다고 생각할 것 같다. 하긴 서울교통공사는 젊은 비정규직 직원이 혼자서 수리 작업을 하고 있어도 그냥 지하철을 운행하고 비정규직 직원은 치어 죽이는 쪽을 선택했으니까. 누가 죽든 어디서 범죄가 일어나든 지하철을 정시 운행하는 것이 서울교통공사의 최대 임무라고 그들은 스스로 생각하는 것 같다. 무슨 일이 일어나면 남 탓을 하면 된다. 그들은 구의역 김 군이 스스로 잘못해서 죽었다고 말했다. 태안화력발전소에서 김용균 님이 사망했을 때도 책임자들이 김용균 님이 스스로 잘못해서 죽었다고 말했던 걸 생각하면 기업은 다 비슷한 수법을 어디서 배워오나 보다. 죽은 사람은 자기가 잘못해서 죽었고, 산 사람은 일하다 죽을지언정 그 시체를 넘고 넘어 어떻게든 일하러 가야만 한다. 이것이 개명한 21세기 대한민국이다.

'출근길 지하철 탑니다' 시위도 마찬가지다. 시민들은 출근길에 '장애인들 때문에' 지하철 운행이 지연된다며 짜증을 낸다. 사실은 경찰 때문이다. 경찰이 필요도 없는 받침대를 깔고 장애인 동지들을 한 명씩 열차 안에 들여보내고 괜히 중간에 막고 분명히 안전하게 다 들어갔는데 받침대를 접었다 깔았다 하면서 시간을 끌며 지하철 운행을 일부러 지연시킨다. 그러면서 승객들이 '장애인 탓'을 하도록 유도한다. 실제 장애인 동지들은 받침대 깔고 접고 할 필요 없이 열차에 잘 타고 잘 내린다. 경찰이 시민들과 장애인 활동가들을 갈라치기 하기 위해서 여론을 호도하는 것이다.

전장연 활동가들이 대화하고자 하는 대상은 서울시와 서울교통공사다. 일반 시민이 아니다. 서울교통공사는 지하철 보안관과 경찰을 동원해서 소란을 일으키고 '장애인 때문'이라고 비난하는 역할을 일반 시민에게 떠넘기고 그 뒤에 숨는다. 지하철에서 엘리베이터를 탈 때, 턱이 없는 보도에서 지하철로 여행가방을 끌고 드나들 때, 저상버스를 타고 내릴 때, 그 모든 편의와 안전장치가 다 장애인들이 피와 목숨으로 만들어낸 것이라는 사실을 기억했으면 좋겠다. 그러나 물론 서울시와 서울교통공사는 오늘도 열심히 '장애인 탓'을 하고 있다. 야비하다.

촛불집회 때는 잘못된 성향을 가진 사람들이 광화문 지하철역에 있는 전장연 농성장에 무리 지어 몰려와 공격하고 인분을 뿌렸다(그때는 세월호 농성장이 있을 때라서, 세월호 서명대를 지키던 비장애인 성인 남성들이 가서 전장연 농성장을 지켰다). 서울교통공사가 주도하고 여론이 따라가는 장애인 차별, 조롱, 악담이 집단적인 놀이가 되어가는 온라인 커뮤니티와 SNS를 보면 그때 인분을 던지던 사람들이 생각난다.

*

　2018년 7월 초, 쌍용차 해고 노동자분들이 사망한 동료를 추모하며 5년 만에 다시 서울시청 건너 대한문 옆에 분향소를 차렸을 때 매일 저녁 문화제가 열렸고 전장연 동지들이 꼭꼭 찾아와주었다. 광화문에서 대한문까지는 걸어서 10분 이내라서 세월호 농성장 사람들도 쌍차 문화제에 자주 갔다. 전장연 광화문 농성은 2017년에 당시 보건복지부 차관이 찾아와서 장애등급제와 부양의무제를 폐지해주겠다고 약속하면서 끝났다. 그래서 2018년 당시에 전장연 광화문 농성장은 철수한 상태였다(장애등급제는 '간소화' 되었으나 폐지되지 않았고 부양의무제는 2024년 현재 실질적으로 그대로 남아 있다. 보건복지부는 장애등급제 폐지하고 대한민국 정부는 장애인 복지와 돌봄을 국가가 책임지도록 제도를 정비하라).

　전장연 동지들은 광화문에서 장애등급제와 부양의무제 폐지 농성을 시작했을 때 그 전부터 대한문 앞에서 농성하고 있던 쌍차 해고자 동지들의 도움을 많이 받았다고 했다. 자신들이 쌍차 동지들에게 도움받은 일을 아주 세세히 기억하고 열심히 발언했는데, 세월호 농성장 사람들을 3년이나 뒷받침해준 일은 다

잊어버린 것 같았다. 이렇게 연대의 손길은 돌고 도는 것이라고 나는 전장연 동지들의 발언을 들으며 생각했다.

　쌍차 동지들이 대한문 앞에 분향소를 차리자 곧바로 혐오 세력들이 바로 옆에 순직한 군인과 국가유공자들의 분향소를 차렸다. 그리고 국가를 위해서 투쟁하는 무슨 본부라는 이 사람들은 쌍차 해고 노동자들을 '빨갱이'라고 욕하며 하루 종일 군가를 틀어댔다(나중에 들으니 그쪽 분향소에 있던 순직 군인 영정은 유가족 허락 없이 가져다 놓은 것이라서 유가족분들께서 항의하셨다고 한다. 이 사람들 정말 여러 모로 민폐다). 그런 와중에 7월 중순 서울광장에서 서울퀴어문화축제가 열렸다. 서울퀴어문화축제에 참여했던 분들이 색색의 화장을 하고 반짝이는 무지갯빛 장식을 단 그 모습 그대로 쌍차 분향소에 찾아왔다. 지부장님과 사무국장님이 반가워하며 아이스박스에 소중히 넣어뒀던 아이스크림을 나눠주고 대형 선풍기를 틀었다. 7월 불볕더위가 아이스크림으로 식을 리없고, 대형 선풍기도 뜨거운 공기를 뿜어내며 허덕거렸다. 그러나 무지갯빛 동지들은 불타는 아궁이 속에 갇힌 듯한 더위에도 아랑곳하지 않고 그냥 조용히 쌍차 분향소 앞에 앉아 아이스크림을 먹으며 바로 옆의 국가 어쩌고 본부 사람들이 틀어놓은 군가를 견디며 그대로 있었다.

쌍차 분향소에서 다섯 걸음만 가면 에어컨을 시원하게 가동한 커피 전문점이 최소한 세 군데 이상 있었다. 무지개 동지들은 쌍차 동지들과 함께 더위와 소음 속에 앉아 있으려고 찾아온 것이다. 그렇다고 무지개 동지들이 아주 유별난 무슨 활동을 한 것도 아니었다. 그저 앉아 있었을 뿐이다. 조용히 앉아 있는 것이 얼마나 강력한 연대의 표현인지 나는 그때 깨달았다.

그래서 나는 퀴어문화축제가 열리면 아침부터 찾아가서 부스마다 돌면서 아름다운 무지개 물품을 잔뜩 구입하여 가산을 탕진하고 떠들썩한 행진에 참여한다. 퀴어퍼레이드는 즐겁다. 그리고 참가자들이 예쁘다.

행진

차별금지법제정운동은 한국에서 2007년부터 시작되었다. 21대 국회에서 발의된 차별금지법 혹은 평등법 법안은 네 종류 정도 있고 이와 별개로 국가인권위원회가 권고한 시안도 있다. 이런 법안들에서 공통적으로 말하는 차별금지법의 목적은 "합리적인 이유 없이 성별, 장애, 병력, 나이, 출신 국가, 출신 민족, 인종, 피부색, 출신 지역, 용모·유전 정보 등 신체 조건, 혼인 여부, 임신 또는 출산, 가족 형태 및 가족 상황, 종교, 사상 또는 정치적 의견, 전과, 성적 지향, 성별 정체성, 학력(學歷), 고용 형태, 사회적 신분 등을 이유로 개인이나 집단을 분리·구별·제한·배제하거나 불리하게 대우하는 행위"를 하지 말자는 것이다.

2020년 여름 국회 앞으로 차별금지법 제정 촉구 오체투지를 하러 갔을 때 확성기를 든 어떤 사람이 차별은 꼭 필요하다며 "사람은 차별을 당해야만 노력해서 극복하게 된다"고 주장하고 있었다.

삶은 형벌이 아니다. 게다가 피부색이나 출신 국가나 가족 상황 등은 내가 노력해도 바꿀 수 없다. 아무리 노력해 봤자 바꿀 수 없는 걸 바꾸는 데 많은 에너지를 소모해야만 기본적인 존중을 받을 수 있다면 그것은 노력이라기보다 차별로 인해 소모되는 비용일 뿐이다. 확성기 든 그 사람이 어떤 삶을 살아왔기에 그런 주장을 하게 됐는지는 알 수 없지만 남에게 그런 '차별 비용'을 요구할 권리는 누구에게도 없다.

＊

　차별금지법 법안에서 어쩐지 가장 문제가 되는 부분은 '성적 지향, 성별 정체성, 성별'인 것 같다. 2017년에 정권이 바뀐 뒤부터 차별금지법이 '동성애를 조장'한다며 반대하는 집단들이 더욱 눈에 띄기 시작했다. 그러면 그 이전에는 아무도 '동성애 조장'에 반대하지 않았느냐 하면 엄밀히 말해 그런 건 아니고 아무도 이런 사안을 제대로 언급조차 하지 않았다. 차별금지법 제정 논의가 하도 지지부진하니까 제정운동 10주년을 맞이한 2017년에 차별금지법제정연대는 '평등행진'을 시작했다. 첫 평등행진을 하러 광화문에 모인 사람은 잘해야 30~40명 정도였다. 성소수자뿐 아니라 이주노동자와 장애여성 등 각계 사회적 소수자들이 무대에 올라 차별금지법의 필요성에 대해 이야기했다. 그리고 우리는 "차별금지법 제정"이라고 적힌 분홍색 손 현수막을 들고 행진했다.
　평등행진은 2018년과 2019년에도 진행되었다.

해가 갈수록 참가 인원이 점점 많아졌고 다양한 단체들이 참여해서 가을에 열리는 소규모 퀴어문화축제처럼 다채로워졌다. 그리고 퀴어문화축제의 단골이며 우리를 따라다니는 영원한 팬클럽인 "동성애는 죄악", "회개하라"를 외치는 집단도 점점 더 열성적으로 변해갔다.

2017년에 첫 평등행진을 했을 때는 종교적인 주장을 외치는 반대 집단이 그렇게까지 크게 눈에 띄지 않았다. 그다음 해에는 광화문에서 국회까지 행진했는데, 차별금지법에 반대한다는 손 팻말을 든 사람들이 행진하는 내내 따라오며 소리를 질렀다. 분명히 말하지만 광화문에서 국회까지는 걸어서 가기에 가까운 거리가 아니다. 퀴어문화축제 때 행진을 하면 비슷한 손 팻말을 든 사람들이 구간마다 바뀌거나 교대하면서 따라왔었다. 그런데 평등행진 때 똑같은 몇 명이 "동성애 반대" 손 팻말을 들고 설교하는 어조로 고함치면서 처음부터 끝까지 따라오는 걸 보니 저분들은 사실 우리 행진이 부러웠던 게 아닐까 하는 생각도 들었다. 풍물패가 신나게 연주하고 속도가 빠른 음악을 크게 틀고 다들 춤추고 소리치면서 행진하는 건 무척 재미있다. 부러우면 굳이 반대하는 척하지 말고 그냥 같이 행진하면 된다. 우리는 차별하지 않는다.

　　2019년에 차별금지법에 반대하는 집단은 더욱 커지고 더욱 공격적으로 변했다. 언제나 그렇듯 광화문 인근에서 시작해서 청와대 앞으로 행진했는데 청와대 분수대 쪽으로 들어가는 차로를 경찰뿐 아니라 차별에 찬성하는 단체가 모여서 막고 있었다. 결국 행진을 멈추고 그 자리에서 잠시 대치하다가 마무리 집회를 하고 해산했는데 그동안에도 차별을 좋아하는 사람들이 계속해서 혐오 발언과 욕설을 외쳤다. 여기에 대항하여 장애여성공감 연극단 '춤추는허리' 동지들이 음악을 크게 틀고 즉석에서 막춤 공연을 했다. 우리는 모두 일어나서 같이 마구 춤을 추었다. 그해 여름에 장애여성공감에서 성폭력 전문상담원 수업을 들어서 나는 춤추는허리 동지들에게 나 혼자만 내적 친근감을 가지고 있었다(춤추는허리 단원분들은 내가 누군지 모른다. 딱히 내가 나서서 뭘 하거나 도움을 드린 일도 없으니 당연하다). 나는 위협적인 분위기 속에서 신나는 음악을 틀고 막춤을 추며 우리에게 기운을 북돋워준 춤추는허리 동지들이 매우 고마웠다.

*

　2021년을 좋은 시절로 기억하는 것도 좀 이상한 일이고, 팬데믹 한가운데가 좋은 시절이었을 리 없으니 사실도 아니지만, 이태원 참사를 떠올리면 그 이전이 좋은 시절이었다는 생각을 하지 않을 수 없다. 같은 의미에서 2013년으로 돌아가고 싶다는 생각도 많이 했었다.

　2021년 10월 12일 미류 활동가와 이종걸 활동가가 주축이 된 차별금지법 제정 촉구 도보행진단이 부산에서 서울까지 한 달 동안 걸어서 행진하는 여정을 시작했다. 나는 그때 학기 중이라 강의를 하고 있었기 때문에 단 하루 10월 31일 일요일에만 참가할 수 있었다. 그래서 성소수자차별반대 무지개행동에 합류해서 종로에서 단체버스를 타고 청주로 가서 행진에 참여했다. 시 외곽에서 출발해 청주 시내를 가로질러 충북도청 앞까지 가는 경로였는데 고속도로 출구 아래 굴다리를 지나갈 때 머리 위로 차들이 지나다니는 소리가 들려서 재미있으면서도 좀 무섭기도 하고 신기하기도 했다. 10월 말이고 햇빛이 따뜻해서 많이 춥지는 않았지만 그늘에 들어가면 서늘해지고 걷다 보면 또 더워지기도 해서 체감하는 온도는 들쭉

날쭉했다. 나는 일단 옷을 많이 껴입고 가서 더우면 벗어서 허리에 두르거나 들고 갔다. 덥다 춥다 하면서 두꺼운 후드집업을 벗었다 입었다 하며 챙기는 게 귀찮았지만 어쩔 수 없었다.

무지개행동에서 참여했기 때문에 무지개 깃발이 매우 많아서 보기에도 무척 예뻤다. 나도 퀴어문화축제에서 구입한 무지개 깃발과 트랜스젠더 삼색 깃발, 그리고 2017년 첫 평등행진 때 받은 분홍색 "차별금지법 제정" 소형 현수막을 챙기고 등에 무지개가 새겨진 전주퀴어문화축제 후드집업을 입고 갔다. "차별금지법 제정, 평등길"이라고 찍힌 스티커도 받았는데, 차별금지법 제정을 홍보하기 위해 전신주나 버스정류장 등에 붙이라는 지시를 받았지만 나는 스티커가 마음에 들어서 몰래 꼬불쳤다(스티커는 지금 내 노트북에 붙어 있다). 그리고 "차별금지법 제정" 금속 배지도 받고 참가 기념 손수건도 받았다. 차별금지법제정연대를 후원하고 배지는 이미 받았지만 나는 배지를 정신없이 좋아하기 때문에 또 받아서 무척 기뻤다.

이때는 오소리-소주 부부의 동성배우자 건강보험 피부양자 소송이 진행 중이던 시기였다. 무지개행동 버스에 탑승할 때 인원 확인을 하고 주의사항을 안내하고 내려서도 참가자에게 간식과 음료 등을 나누어준 분들이 오소리-소주 부부였다. 그분들은 당연히 나를 모르고 나만 신문기사 등에서 소송 소식을 보면서 응원했기 때문에 혼자 속으로만 무척 반가웠다. 이후 2023년 2월, 동성배우자 건강보험 피부양자 소송 2심에서 1심 판결이 뒤집혀 동성배우자의 피부양자 자격이 인정되었다. 게다가 놀랍게도 판결문은 동성배우자가 건강보험 등 공식적인 제도에서 피부양자가 될 수 없다는 결정이 "성적 소수자에 대한 차별", "성적 지향을 이유로 한 차별"이라고 명시적으로 비판했다. 성소수자와 앨라이 모두 무척 놀라고 기뻐했다. 이 서울고등법원 판결문은 정말 혁명적인 명문이며 일대 사건이다. 이참에 빨리 차별금지법도 제정되고 동성혼 법제화도 이루어지고 생활동반자법도 만들어지고 다 이루어졌으면 좋겠다.

차별금지법이나 생활동반자법이 제정된다고 해도 대다수의 이성애자 비장애인 한국 국적 시민들에게는 아마 일상생활에 별다른 변화가 없을 것이다. 이런 법들은 내가 보기에는 자기 의지와 상관없이 삶의 가장자리로 밀려난 사람들을 위한 법이다. 예를 들어 성소수자가 차별받는 것을 당연하게 여기는 사회에서 성소수자는 이른바 '정상적인' 가족에서 태어나 자라도 정체성을 확립한 순간 가족과 부드러운 관계를 유지하거나 직장에서 무난하게 커리어를 이어가기 힘들어진다. 그러니까 가족을 떠나거나, 가족에게서 쫓겨나는 형태로 고립되기 쉽고 불안정한 일자리를 떠돌면서 경제적으로도 힘들어지기 쉽다. 경제적으로 힘들면 밥을 제대로 챙겨 먹거나 잠을 오래 자거나 제대로 휴식을 취하지 못하는 채로 불규칙한 생활을 이어갈 확률이 높다. 여기다 마음도 힘들고 외로우면 술을 마신다든가 담배를 많이 피운다든가 하게 되니까 결국 몸이 안 좋아지기 쉽다. 혼자 아프고 돈도 없는데 가족에게 의지할 수 없으면 이 사람은 어떻게 되는가? 그냥 죽어야 하나? 너무 잔인한 얘기다. 그리고 혼자 살던 사람이 죽으면 누가 유품을 정리하고 누가 장례를 치러주는가?

성폭력 전문상담원 수업 때 배웠는데, 대한민국 민법 779조에서는 '가족'을 다음과 같이 정의한다.

민법 제779조(가족의 범위)
① 다음의 자는 가족으로 한다.
1. 배우자, 직계혈족 및 형제자매
2. 직계혈족의 배우자, 배우자의 직계혈족 및 배우자의 형제자매

② 제1항제2호의 경우에는 생계를 같이 하는 경우에 한한다.

[전문개정 2005. 3. 31.]

여기서 배우자 ···▶ 직계혈족 ···▶ 형제자매의 순으로 어떤 중요도나 우선권을 가지는 것은 아니다. 그러나 민법에 이 순서로 나열되어 있기 때문에 병원이나 법원 등 공식적인 결정을 내리는 기관에서 가족이 본인을 대신해서 결정을 내리려 할 때 관례적으로 이 순서로 우선권을 인정하는 경우가 많다고 한다. 예를 들어 환자 본인이 의식이 없는데 긴급 수술에 대한 동의가 필요하다면, 환자의 배우자와 자녀(직계혈족)와 형제가 함께 병원에 왔을 경우 의사는 자녀나 형제보다 배우자의 결정에 우선 따른다는 것이다. 이 때문에 지금 대한민국 민법에 의거해서 구축된 사회적, 관습적 제도하에서 결혼할 권리, 내가 신뢰하는 사람을 법적인 배우자로 맞이할 권리는 아주 중요하다. 나에게 무슨 일이 생겼을 때 나를 대신해서 최우선의 권리를 가지는 사람이 배우자이기 때문이다.

바꿔 말하면 결혼하지 않았거나 법제도가 나의 삶을 인정하지 않아서 결혼할 수 없어 독신인 사람이 부모나 자녀, 형제와 사이가 좋지 않거나, 운이 나빠서 가족들이 신뢰할 수 없는 인격을 가지고 있다면 (이런 경우도 많다), 한마디로 인생이 망가질 수 있다. 그런데 원가족이 신뢰할 수 없는 인격을 가진 경우 결혼을 하더라도 혼인관계가 깨질 가능성이 높아진다. 그러니까 결국 원가족, '혈족'이 한국인의 삶에 지나치게 큰 영향력을 가지고 있다. 현재 대한민국 법과 제도하에서는 결혼해서 그 권리를 배우자에게 넘겨줄 수 없으면 독립한 성인이라도 평생 원가족에게서 법적으로 벗어날 수 없다.

나는 원가족과 사이가 좋지 않고 마흔다섯 살까지 독신이었기 때문에 혼자 살고 혼자 아프고 혼자 버티는 삶을 매우 잘 안다. 운이 좋아 병원에서 혼자 죽는 경우를 대비해서 시신 기증 신청도 알아보았다. 그러나 집에서 혼자 죽는다면? 한국 여성과 남성의 평균 수명을 생각하면 내가 남편보다 오래 살 가능성이 매우 높은데, 자식이 없기 때문에 나는 노년에 혼자 살다 혼자 죽게 될 것 같다. 그래서 집에서 혼자 죽었다가 한 석 달쯤 뒤에 냄새난다는 이웃의 신고로 물컹물컹한 상태로 발견되면 그 민폐를 어떻게 하나 걱정하고 있다.

1인 가구 비율이 대한민국 전체 가구 수의 40퍼센트를 넘어선 지금, 혼자 살다 혼자 아프고 혼자 죽는 삶도 또한 '일반적'이고 '정상적'인 삶의 한 형태로 받아들이는 제도적 관점과 대응책이 반드시 필요하다. 그리고 이러한 관점에서 혈족에 대한 집착을 버리고 독립된 개인 당사자끼리 신뢰해서 합의하면 당사자의 여러 가지 결정을 대리할 권리를 부여할 수 있는 제도가 필요하다. '남자'와 '여자'가 혼인해서 2.1명 혹은 1.8명의 비장애인 아이만 낳아 키우고 노후에는 자식과 손자들, 즉 사회제도의 지원 없는 가족 안의 (주로 여성의 무급 노동에 의지한) 돌봄으로 노년의 돌봄 수요를 해결하고 국민연금과 건강보험에 손해를 끼치지 않을 만한 연령대에 적당히 사망해주기를 기대하던 시대는 이미 한참 전에 지났다. 다양한 삶이 이미 사회 안에 존재하고 있는 지금, 차별금지법, 생활동반자법, 동성혼 법제화는 현실적인 요구이다. 다시 말하지만, 삶은 형벌이 아니기 때문이다.

　　이런 여러 가지 생각을 하며, 중간중간 휴식 시간에 발언들도 들으면서 충북도청에 도착했다. 청주 평등행진을 마무리할 때 이종걸 활동가가 한 발언 중에 "무지개 깃발을 처음 보셨다는 분을 만났다"는 이야기가 있었다. 발언하는 이종걸 활동가도 충격이라고 했는데 듣는 나에게도 충격이었다. 비수도권 지역은 확실히 문화적 자본도 일반 시민들의 인식도 다른데, 이런 차이 또한 모든 유형, 무형의 자원이 서울로만 몰려든 비수도권 차별의 결과다. 다행히 그날 무지개 깃발을 처음 보신 분은 아마도 성소수자였던 듯하여 무척 반가워했다고 들었다. 전국에서 무지개 깃발이 좀더 자주 휘날리기를 소망한다.

*

코로나19 팬데믹이 조금 수그러들고 방역 규제가 해제되기 시작하면서 2022년 10월에 대구에서 대구퀴어문화축제가 열렸다. 이때 나는 강의를 그만두고 포항에서 살고 있어서 거리도 가깝고 시간적으로도 여유로웠으므로 신나서 참가했다. 가서 보니 포항여성회 분들도 와 있고 내가 무척 존경하는 성소수자 부모모임도 부스를 내고 참가해서 반가운 분들도 많이 만나고 아주 재미있었다. 역시 성소수자와 다양성을 싫어하는 무리들이 모여서 여러 가지를 외쳐댔는데 옆에서 따라오는 혐오 세력이 자꾸 "동성애는 사탄"이라 외치니까 주최 측이 아이돌 그룹 샤이니의 명곡 〈루시퍼〉를 틀었다. 성소수자부모모임 활동가님들이 방송차에 타고 앞서 가면서 "내 자식 퀴어고 나는 내 자식이 자랑스럽다"고 외치셔서 감동하고 〈루시퍼〉에 웃고 그러면서 즐겁게 행진했다.

성소수자부모모임은 전부터 여러 번 같이 행진했다. 2021년 3월, 변희수 하사가 사망했을 때 트랜스젠더 인권단체들이 추모 행동을 조직했다. 우리는 시청역에서 지하철 2호선을 타고 성소수자 인권에 관한 책을 읽으며 순환선을 한 바퀴 돌았다. 그리고 다시 시청역에 돌아와 서울광장에 모여 거리를 두고 떨어져 서서 침묵으로 변희수 하사를 추모했다. 그때도 등에 "성소수자부모모임"이라고 수놓은 외투를 맞춰 입은 분들이 오셔서 추모 행동에 참가했다. 실제 성소수자 자녀를 두고 자녀들의 인권을 위해 활동하시는 분들인데 성소수자 군인의 사망 소식을 듣고 어떤 마음일지 나는 짐작도 가지 않았다. 서울시청 직원들이 나와서 방역수칙을 들먹이며 우리를 쫓아내려 했지만 우리는 이미 충분한 거리를 두고 마스크를 제대로 쓰고 침묵한 채 그냥 서 있을 뿐이었기에 처음에 정한 시간만큼 추모 행동을 마치고 나서 해산했다.

2021년 11월에 다큐멘터리 영화 〈너에게 가는 길〉이 개봉했다. 영화를 본 주변 사람들이 모두 울었다고 해서 나는 울고 싶지 않아서 관람을 미루었다. 그러다가 구글 영화에 올라온 것을 보고 정정당당하게 만 원을 주고 사서 보았다. 주변 사람들이 말했던 것만큼 그렇게 마음 아프지는 않았고 오히려 나는 핑장히 기뻤다. 남의 부모라도 저렇게 훌륭한 부모님이 세상에 계시는 것이 어쩐지 위안이 되었고 영화에 등장하는 분들 전부 다 대단히 멋지다고 생각했다.

2022년 10월, 대구퀴어문화축제에서 행진 참가 인원이 아주 많지 않아 옆에서 혐오 발언을 외치는 세력이 행진 인원만큼 많았기 때문에 나는 방송차에 올라 신원을 노출하고 "내 자식 퀴어"를 외치는 분들의 안전이 걱정되었다(나는 언제나 쓸데없는 걱정을 열심히 하는 편이다). 다행히 대구퀴어문화축제는 아무 일 없이 끝났고 나는 소중한 추억을 하나 더 쌓게 되었다.

오체투지

2020년에 팬데믹이 덮쳐와서 평등행진은 잠시 중단되었다. 이 때문에 나는 생애 첫 오체투지를 하게 되었다. 분명히 말하는데 내가 생각하기에 오체투지는 보는 쪽보다 직접 하는 쪽이 쉽다.

오체투지를 실제로 처음 본 건 2015년 1월이었다. 땅이 꽁꽁 언 한겨울에 기륭전자, 쌍용자동차 등에서 부당해고를 당하고 장기투쟁한 노동자분들이 광화문광장에서 청와대까지 오체투지를 하려다가 경찰에 막혔다. 세월호 서명대에서 알게 된 기륭 언니들(우리는 그렇게 불렀다)이 얼음 깔린 땅에 무방비하게 엎드린 모습을 보니까 눈물이 나기 시작했다. 나는 기륭 언니들이 오체투지 하는 내내, 경찰과 대치하는 내내 울었다.

땅에 엎드린 기륭 언니에게 어떤 기자가 다가오더니 언니 위에 다리를 벌리고 서서 내려다보는 각도로 사진을 찍었다. 나는 그 기자와 그의 소속 언론사에 아직까지 원한을 가지고 있다. 사람 위에서 다리 벌리고 서서 그렇게 내려다보는 것은 아주 무례한 행동이다. 사진기에 적혀 있는 언론사 이름을 보니 언론인이라는 직업이 벼슬이고 무관의 제왕이어서 해고 노동자 '따위'에게는 무례한 행동을 해도 되는 권리를 가진 높으신 분들이라고 착각하도록 가르치는 회사 문화가 팽배한 곳이라 짐작할 수 있었다. 기회가 있을 때 확 밀쳐서 카메라를 깨버릴 걸 그랬다.

2018년 여름, 쌍용차 해고 노동자들이 복직 촉구를 위해 조계사에서 시청 앞 분향소까지 오체투지를 했다. 해가 이글이글했고 낮 기온은 체감 38도까지 올라갔으며 아스팔트는 지나가는 사람을 구울 듯이 뜨겁게 달아올랐다. 사람의 내장 기관은 섭씨 40도 정도에서 익기 시작한다. 온열질환이 저체온증만큼 위험한 이유다. 나는 그 끓는 아스팔트에 몸을 대고 엎드려야 하는 해고 노동자분들의 건강이 아주 많이 걱정되었다. 다행히 조계사 스님들부터 일반 시민들까지 정말 많은 분들이 나와 비슷한 걱정을 하시며 찬물과 얼음을 가지고 오셨다. 나도 조계사 옆 편의점에서 생수를 잔뜩 샀는데, 조계사를 출발할 때부터 이미 땀에 절어서 생수 봉투를 든 손이 미끌미끌해졌다. 생수는 오체투지 경로를 절반도 가지 않아 전부 다 없어졌다. 그때는 너무 더워서 정신이 좀 나가 있었는지 울음도 나오지 않았다(오체투지를 할 때는 평균적으로 비장애인이 걷는 속도보다 무척 느리게 전진하게 되므로 겨울에는 더 춥고 여름에는 더 더운데 피

킷이나 생수 같은 걸 들고 옆에서 따라 걸으면 갈수록 힘들어진다).

그때는 사설구급차가 뭔지 몰라서 부르지 못했는데, 이제 만약 어떤 불운한 사태가 일어나서 또 한여름에 오체투지를 하게 된다면 사설구급차가 옆에서 따라오거나 목적지에서 대기하도록 미리 예약해야겠다고 생각하고 있다. 그 땡볕 폭염의 아스팔트 위에 아무 대비도 없이 엎드리는 것은 지금 생각해도 너무 위험한 일이었다.

항상 준비를 잘 해서 데모에 참가할 수 있는 것은 아니다. 그냥 도저히 지나칠 수 없어서 입던 차림 그대로 행진이나 오체투지를 따라가야 할 때도 있다. 2017년, 나는 당시 해고되어 복직 투쟁 중이던 KTX 승무원들이 광화문에서 서울역까지 오체투지 할 때 따라갔다. 그때는 연세대에서 강의를 할 때였다. 정장에 구두 차림의 수업을 하던 복장 그대로 퇴근해서 5호선 지하철로 갈아타려고 버스에서 내렸더니 마침 세종문화회관 옆에서 KTX 승무직 해고 노동자들이 오체투지 준비를 하고 있었다. 그대로 집에 갈 수 없어서 구두를 신고 책가방을 든 채로 피켓을 들고 옆에서 따라갔다. 나중에 서울역에 도착했을 때쯤에는 구두 때문에 발이 아프다 못해 발바닥에 감각이 없어져서 잘 걸을 수가 없었다. 그러나 KTX 해고 노동자들은 오체투지 하느라 팔이 떨려서 마무리 집회 발언할 때 마이크도 제대로 쥘 수 없는 상태였으므로 내가 그 앞에서 불평할 수는 없었다. 데모할 때는 편한 신발을 신어야 한다는 교훈을 뼈저리게 (혹은 발 저리게) 깨달은 사건이었다.

KTX 승무직 해고 노동자들은 2018년 7월 21일 코레일과 협상이 타결되어 복직하기로 결정되었고 2020년까지 모두 직장으로 돌아갔다. 복직하는 데도 시일이 걸린 데다 해고 당사자들이 간절히 바랐던 승무 업무, 즉 기차에 타서 운행과 안전과 승객 서비스를 책임지는 업무가 아니라 기차역에서 일하는 역무 업무로 배치되었다. KTX가 승무 업무를 자회사인 코레일관광개발에 맡겼기 때문이다. 말이 좋아 자회사지 하청이다.

2018년 여름, 쌍용차 해고 노동자들이 대한문 옆 분향소에서 한창 복직 투쟁을 하고 있을 때 KTX 해고 노동자들이 복직 협상이 타결된 후 분향소에 찾아왔다. KTX 해고 노동자들은 먼저 복직해서 떠나게 되어 미안하다며 울었다. 쌍용차 해고 노동자들이 오히려 복직하기로 결정된 KTX 해고 노동자들을 위로

했다. 기쁘고도 슬펐다.

오체투지는 아니지만 2017년에 전장연이 장애 등급제와 부양의무제 폐지를 외치며 광화문에서 청와대 앞까지 행진했을 때도 나는 다른 행사에 다녀오느라 정장에 구두 차림을 하고 있다가 그냥 마주쳐서 얼떨결에 따라가는 바람에 하이힐을 신고 끝까지 행진했다. 써놓고 보니까 데모와 하이힐 중에서 선택해야 한다면 데모 쪽이 압승이므로 그냥 하이힐을 포기하고 평소에 편한 신발을 신고 다니는 편이 나을 것 같다. 어쨌든 그렇게 나는 몇 년이나 오체투지를 따라다니기만 하다가 결국 내가 직접 참여하게 되었다.

*

내가 차별금지법 제정을 지지하는 이유는 나의 학생들 때문이었다. 철도 민영화 반대나 세월호 참사 진상 규명부터 여러 사회적 사안들에 관심을 가졌던 이유도 대부분 학생들 때문이었다. 나는 학생들 앞에서 떳떳한 사람이고 싶고, 학생들의 미래를 조금이라도 안전하고 평등하고 건강하게 만드는 데 일조하고 싶었다.

2019년, 팬데믹이 덮치기 직전에 나는 건물 입

구 바로 앞에 있는 강의실에서 수업을 했다. 휠체어를 사용하는 학생이 수강을 했는데 이른 아침 시간 수업인데도 지각 한번 안 하고 아주 성실하게 참여했다. 그런데 폭우가 온다는 예보가 있던 어느 날 그 학생이 수업에 20분 늦었다. 나는 비장애인답게 폭우 때문에 교통이 막혀서 늦은 게 아닐까 짐작했는데 아니었다. 나중에 얘기를 들어보니 나의 학생은 제시간에 학교에 도착했다. 그런데 폭우 예보 때문에 건물 관리 직원이 입구 앞에 모래주머니를 늘어놓아서(쌓아놓은 것이 아니다) 휠체어가 진입할 수 없었기 때문에 건물 정면으로 돌아가 경사로를 올라가서 2층에 도달해서(왠지 경사로를 타고 올라가면 2층이 나온다) 오지 않는 엘리베이터를 기다려서 마침내 타고 내려와 복도를 빙빙 돌아서 강의실에 들어오기까지 괴롭고 복잡한 기나긴 20분과 함께 상당한 체력을 공연히 소모해야만 했던 것이다.

아침에 학교에 도착했을 때 나도 그 모래주머니를 보았다. 다른 비장애인 학생들, 휠체어를 사용하지 않는 사람들이 그렇게 하듯이 나도 모래주머니를 넘어서 강의실로 들어왔다. 작은 모래주머니가 그렇게까지 짜증나고 사람 기운을 쑥 빼는 걸림돌이 될 것이라고는 비장애인인 나는 상상도 하지 못했다. 경사로와 엘리베이터의 조합이 휠체어 사용자에게 그토록 비효율적이고 불편하다는 사실도 그때 알게 되었다. 학생이 아무도 원망하지 않고 지각한 것만 계속 사과했기 때문에 나는 더욱 참담하고 미안했다.

경험해보지 않으면 사람은 아무것도 모른다. 타인의 몸을 경험할 방법은 없으니까 비장애인은 장애인이 경험하는 세상을 정말 전혀, 하나도, 결단코 알지 못한다. 그리고 자기가 뭘 모르는지도 모르기 때문에 배우거나 이해하려고 시도해야 한다는 생각조차 하지 못한다.

팬데믹이 덮치고 학교들이 동영상 수업이나 실시간 비대면 수업으로 수업 방식을 바꾸자 다양한 학생들의 학습권이 이전에는 상상하지 못했던 방식으로 침해받기 시작했다. 일단 인터넷이 불안정한 환경에 있거나 디지털 기기를 혼자 마음 편하게 사용할 수 없는 상황에 처한 학생들은 온라인 수업에 참여하는데 심대한 지장을 겪었다. 마찬가지로 수업 동영상이 눈앞에서 재생되어도 혹은 비대면 수업이 지금 진행되고 있어도 볼 수 없거나 알아들을 수 없는 학생들은 대단히 난감한 처지에 놓였다. 이건 내가 호의를 가진 개인이라 해도 학생들의 필요에 일일이 맞춰줄 수도 없고 그런다고 전반적으로 해결되는 상황도 아니었다. 대한민국 학교에서 나만 수업을 하는 게 아니기 때문이다. 그리고 팬데믹 초기에는 그런 상황이 얼마나 오래 지속될지 짐작할 수도 없었다. 그래서 나는 장애 학생들과 한국어를 모국어로 사용하지 않는 학생들과 인터넷 환경이 불안정한 학생들 등등을 위한 체계적이고 전반적인 해결책을 요구할 발판을 마련하기 위해 차별금지법 제정 오체투지에 나섰다.

*

2020년 6월, 여름이라 날씨는 따뜻했고 국회를 한 바퀴 도는 경로는 그다지 길거나 험하지도 않았다. 여름에 오체투지를 하면 땅에 배를 댔을 때 따끈따끈해서 기분이 좋다. 그래서 나는 사회자 발언을 들으며 따끈따끈한 땅바닥에 엎드려서 배를 지지며 좋아하고 있다가 신호 소리가 울리면 '아 참 내가 찜질방에 온 게 아니었지' 하고 허둥지둥 일어나곤 했다. 엎드리거나 일어나거나 걸음을 걸으라는 신호는 보통 북을 쳐서 알리는데, 스님들의 당일 상황에 따라 목탁을 치거나 죽비를 두드리기도 한다. 그날은 목탁을 장비한 비구니 스님이 신호수를 맡으셨는데 뒤에 잘 안 들린다는 불평이 나오자 점점 목탁을 세게

치다가 목탁 채가 부러져버렸다.

이날 사회 및 진행은 조계종 사회노동위원회 집행위원장님이 맡았다. 집행위원장님은 처음에는 차별금지법의 법적 근거와 제정해야 하는 사회적·제도적 이유, 현재 한국 사회 소수자들의 차별 실태 등에 대해 논리정연하게 차근차근 설명했다. 그러나 시간이 갈수록 몸도 지치고 발언할 밑천(?)도 떨어지고 무엇보다도 팬데믹 시기라 국회 주변에는 지나다니는 사람이 거의 없었다. 그래서 위원장님은 '아무 말 대잔치'를 펼치기 시작했다. "불교 경전에도 차별하지 말라고 나와 있습니다. 차별이 얼마나 나쁜 건지 아십니까? 차별금지법 안 만들고 국회의원들은 뭐 합니까? 차별하면 지옥 가는 거 모릅니까?" 하필 나는 그 바로 옆에서 오체투지를 했는데 위원장님의 점점 더해가는 분노에 찬 아무 말 대잔치에 자꾸 웃음이 나와서 일어설 때마다 팔에 힘이 빠졌다.

이때 함께 오체투지를 했던 혜찬 스님을 나중에 구미에서 아사히글라스 비정규직 투쟁과 한국옵티칼하이테크 투쟁 때 다시 만나게 되었다. 혜찬 스님은 아사히글라스 비정규직 조합원들이 대구법원 앞에서 민원서류 한 장 접수하려다가 경찰에 가로막혔을 때 "여러분은 불법(不法)을 저지르고 있습니다. 현재 시위는 불법입니다"를 되풀이하는 경찰 방송차에 대고 "불법(佛法)은 내가 제일 잘 안다!"고 외치는 아재 개그를 선보였다.

오체투지를 하면 평소에는 전혀 생각하지 않았던 땅의 관점에서 세상을 보게 된다. 그리고 땅에 엎드려 보는 세상은 의외로 아름답다. 포석과 시멘트를 뚫고 자라나는 풀과 꽃이 더 크게 보이고 길에 박힌 돌이 햇빛을 받아 빛나는 모습이 보석처럼 아름답다. 눈앞에 기어가는 개미나 다른 곤충들을 몸으로 으깰까 봐 걱정이 되기도 한다. 차별하지 말라고 외치면서 그 과정에서 곤충은 이유 없이 으깨도 된다고 주장할 수는 없다.

이날 오체투지를 하다가 세월호 기억팔찌를 잃어버렸다. 오체투지는 맨몸으로 하면 몸이 상하고 옷도 더러워지기 때문에 주최 측에서 몸을 덮는 하얀색 한복과 목장갑, 무릎보호대를 제공한다. 중간에 쉬는 지점에서 더워서 목장갑을 벗었는데 아마 그때 기억팔찌가 장갑과 함께 벗겨져 떨어진 게 아닐까 짐작한다. 오체투지가 끝나고 집에 돌아가려고 옷 위에 덮어 입었던 한복과 목장갑을 벗었을 때 손목이 허전한 것을 깨달았지만 이미 늦었다. 굉장히 원통했다. 국회 규탄한다. 차별금지법 제정을 안 해주니까 내가 오체투지 하다가 소중한 기억팔찌를 잃어버렸으니 국회 책임이다(그 뒤로 나는 오체투지 할 때 액세서리를 하지 않는다). 그리고 그날 집에 와서 핸드볼 선수용 무릎보호대를 장만했다.

오체투지는 기본적으로 의례화된 팔굽혀펴기다. 다만 무릎을 땅에 대도 된다는 것이 진짜 팔굽혀펴기와의 차이점이라면 차이점이다. 그리고 일어나서 몇 걸음 걷고 엎드려서 온몸을 펼쳐 땅에 댔다가 다시 일어나서 걷는 동작을 반복해야 하기 때문에 지치기 시작하면 무릎과 손목에 몸무게가 실린다. 그래서 무릎보호대를 꼭 해야 한다(가능하면 손목보호대도 하는 것이 좋다. 관절은 한번 다치면 오래 고생한다). 일반 무릎보호대가 걸음걸이를 방해하지 않도록 얇은 데 비해서 핸드볼 선수용 무릎보호대는 경기 중에 선수들이 뛰어올랐다가 무릎으로 마룻바닥을 찍는 경우 관절을 보호하는 용도로 만들어졌기 때문에 쿠션이 대단히 두껍다. 오체투지를 실제 해보고 나서 깨달음을 얻어(?) 구입한 선수용 무릎보호대는 오체투지 할 때마다 유용하게 잘 쓰고 있다.

2021년에도 조계종 사회노동위원회는 차별금

지법 제정 오체투지를 진행했다. 이때는 8월 30일부터 9월 10일까지 주말을 제외한 열흘간, 혜화동 마로니에공원 인근의 전국장애인차별철폐연대 앞에서 시작해서 국회까지 나아갔다. 나는 개강일과 오체투지 기간이 겹쳐 8월 30일 시작 첫날에만 참가할 수 있었다. 이때도 팬데믹이 한창이었던 시기라서 많은 사람이 한자리에 모일 수 없었기 때문에 조계종 스님 세 분과 나, 이렇게 네 명이 오체투지를 했다. 혜화동에서 시작해서 장충동에 있는 이주민 지원단체 '아시아 평화를향한이주'(MAP)까지 갔는데 시작할 때 전장연 동지들에게 성대한 응원을 받으며 왠지 혼자 감동했다. 중간에 동대문시장 인근에서 스님들과 점심을 먹고 상당히 느긋하게 진행했다. 스님들은 오체투지를 하기 위해서 코로나19 백신을 2차까지 접종 완료하고 오셨다고 했다. 나도 그때 백신 1차 접종은 마친 상태였는데 부작용이 너무 심해서 엄청나게 앓았다. 그래서 차별금지법을 위해서 백신 접종을 2차까지 하고 오셨다는 말씀에 굉장히 존경스럽다고 생각했다.

장충동은 언덕이 많아 오르막과 내리막을 반복하는 길이었다. 내리막이 무서웠다. 오체투지로 오르막을 올라가는 것은 그냥 걸어서 올라가는 것보다 오히려 좀 쉽다. 주기적으로 엎드려서 숨을 돌릴 수 있기 때문인 것 같다. 그런데 내리막에서는 몸을 앞으로 펼 때마다 확 미끄러져 내리는 느낌이었다. 앞에 가시는 분과의 거리를 가늠해보니 실제로 엎드리면서 조금씩 미끄러져 내리기도 했다. 평지에서 할 때와는 완전히 다르고 통제가 안 되게 미끄러지는 느낌이라 무척 불안했다. 다행히 아무 일 없이 그날의 오체투지는 잘 끝났다. 스님들은 말하자면 오체투지 전문가라서, 스님들과 함께 오체투지를 하면 전체적인 속도나 경로, 중간 휴식 등등 모든 일이 대체로 부드럽게 진행된다.

2020년 12월에 참가했던 중대재해기업처벌법 (중대재해 처벌법이 아니다. 중대재해를 일으킨 기업과 그 책임자인 경영주를 처벌하라는 법이다) 제정 오체투지는 그렇게 부드럽지 못했다. 겨울 오체투지는 여름보다 힘들다. 팔굽혀펴기를 하고 일어나서 걷는 등 몸을 움직일 때는 땀이 나고 더웠다가 차가운 땅에 엎드리는 순간 추워져서, 쉬는 시간과 끝난 뒤에 보온에 신경 쓰지 않으면 감기 같은 병에 걸리기 쉽다. 무엇보다도 그늘진 곳에서 오들오들 떨며 이동하는 것과 차가운 땅에 배를 대고 엎드려 있는 것이 상당히 고역이었다. 추위를 막으려고 옷을 껴입으면 금방 땀이 나고, 그렇다고 땅의 냉기를 옷이 완전히 막아주지도 못한다. 배에 핫팩을 붙이면 땅의 냉기 때문에 엎드렸을 때 핫팩이 굳어져 딱딱해진다. 그냥 열이 빠져나가는 머리와 목을 잘 감싸고 쉬는 시간에 장갑만 벗어서 열을 식히는 수밖에 없다. 2022년 12월에 노조법 2조, 3조 개정, 일명 '노란봉투법' 제정 촉구 오체투지에 참가했을 때는 날이 무척 차가웠는데 목을 감싸는 옷을 가져가지 않아서 남편이 중간에 넥워머를 가져다줄 때까지 추위에 떨면서 오체투지를 했다. 차라리 더운 쪽이 낫지, 추위를 참으며 오체투지를 하면 오래 버티지 못한다.

그날 정해진 경로는 오전 9시 30분에 구의역에서 시작해서 동대문시장 전태일 동상 앞까지였다. 참가자가 적지는 않았지만 어째서인지 오체투지를 하는 사람 중 여자는 나 혼자였다. 주최 측인 '비정규직 이제그만공동행동' 소속 사회자인 여성 동지가 나에게 중간에 힘들면 그만둬도 된다고 살짝 귀띔해주었지만 나는 그 말에 오히려 더 오기가 났다. 그래서 오후 5시까지, 점심시간 제외하고 거의 일곱 시간 동안 8.9킬로미터 오체투지를 완주(!)했다.

신당동을 지날 때 주차 건물에서 빠져나오던 SUV가 오체투지 행렬 때문에 막혔다. 당시 나는 길에 엎드려 있었는데 한참이 지나도 일어나라는 신호인 북소리가 울리지 않았다. 행신이 빨간 불 앞에 멈춰서 신호가 바뀌길 기다릴 때도 있고, 방해하는 집단이 막아 서거나 행진 경로 문제로 경찰과 의견이 맞지 않으면 상황이 해결될 때까지 그렇게 대치하기도 한다. 이전에 따라갔던 오체투지에서도 비슷한 상황들을 보았기 때문에 나는 그냥 가만히 엎드려 있었다. 이럴 때 오체투지 참가자들은 일어나면 안 된다. 참가자들이 일어서서 다툼에 끼기 시작하면 오체투지라는 시위 방식이 무너진다. 그리고 심하면 그냥 길거리 싸움이 돼버릴 수도 있다.

그런데 아무리 기다려도 북소리는 들리지 않고, 땅에 댄 이마 옆으로 오가는 사람들의 발이 점점 더 많아졌다. 나중에 알게 된 바, SUV 운전자가 자기는 도로에 나가야 하니까 오체투지 행렬이 비키라면서 엎드린 사람들을 치고 지나갈 듯 위협했기 때문에 경찰과 여러 참가자들이 모여든 것이었다. 그리고 그 SUV 차량 바로 앞에 엎드려 있던 사람이 나였다. 경찰이 막아준 것은 지금도 마음 깊이 고맙게 생각한다. 그 경찰의 발이 바로 내 옆구리를 밟을 듯이 가까이 와 있고 바로 뒤에는 커다란 차바퀴가 버티고 있던 장면은 무서우면서도 어쩐지 비현실적이었다. 상황을 파악하게 된 후 나는 오늘 여기서 죽든지 최소한 오른쪽 갈비뼈가 으스러질 것이라고 확신했다. 갈비뼈가 으스러지지 않게 막아주신 모든 분들께 지금도 감사하고 있다.

이전에 오체투지에 따라갔을 때도 시내버스가 길에 엎드린 참가자를 위협했던 적이 있다. 아마 2018년 12월 파인텍 해고 노동자 복직을 위한 오체투지였던 것으로 기억한다. 큰 사거리에서 우회전을 하려던 시내버스가 도로에 엎드린 노동자의 머리 바로 앞으로 오른쪽 앞바퀴가 닿을 정도로 다가섰다. 진행하던 분이 항의하자 버스 기사가 차 문을 열고 거친 말을 내뱉었다. 경찰이 막아도 버스 기사는 점점 더 화를 낼 뿐이었다.

여기서 중요한 점은 집회나 시위가 헌법에 보장된 국민의 권리라는 사실이다. 집회는 허가받고 하는 것이 아니다. 내가 집회를 하겠다고 신고하는 것이다. 대한민국 국민 누구나 집회를 할 권리가 있고, 집회 당일에 신고한 경로를 따라 시위를 진행할 권리가 있다.

그러니까 우리는 일어나지 않는다. 길에 무방비하게 엎드린 사람을 자동차로 위협하면 행진은 멈추고 대치하는 시간만 길어질 뿐이다. 자동차는 무한정 길에 서 있을 수 없고, 시내버스 같은 경우 정해진 시간 안에 노선을 돌아야 한다. 그에 비해 길에 엎드린 오체투지 참가자는 그걸 하러 하루 비워서 나간 것이기 때문에 그냥 거기 계속 엎드려 있을 것이다. 그러니까 자동차가 불리하다. 자동차가 위협을 멈추고 물러나야 길에 엎드린 사람이 일어난다. 이것은 내가 목격한 경험과 자동차 앞에 엎드려서 버틴 경험 양쪽에서 하는 말이다. 차로 위협해 봤자 소용없다.

그러나 솔직히 길에 엎드린 사람의 맨머리를 자동차 바퀴가 위협하는 광경을 옆에서 보고 있으면 마음속에 온갖 감정이 소용돌이치는 것이 사실이다. 다른 사람이 그런 위협을 당하는 모습을 지켜보는 것보다는 차라리 내가 그 차 앞에 엎드려서 버티는 쪽이 낫다.

일곱 시간 팔굽혀펴기를 끝내고 전태일 동상 앞에 도착했을 때쯤 나는 글자 그대로 토할 것 같았다. 비정규직이제그만공동행동 동지들이 저녁을 먹고 가라고 붙잡았지만 도저히 물 한 모금도 목으로 넘길 수 없었다. 간신히 지하철을 타고 집에 돌아가는데, 비교적 한산한 지하철 안에서 나는 멀미를 했다. 그러나 개찰구로 올라가서 화장실까지 갈 기운이 없었기 때문에 한두 정거장 참다가 내려서 속을 조금 가라앉힌 뒤에 다시 지하철을 타고 한두 정거장 더 가다가 울렁거리면 내려서 가라앉히는 식으로 타고 내리기를 반복하며 평소에 걸리는 시간의 세 배쯤 더 걸려서 집에 돌아왔다. 그리고 다음 날 저녁에 남편을 따라 국회 본청 앞에서 단식 중인 김용균재단 이사장 김미숙 님과 이한빛 피디 아버님을 만나고 왔다. 그냥 응원하러 간 것이었는데 전날 오체투지 때문인지 계단을 내려갈 때마다 "으어어어" 하고 괴이한 신음을 흘리며 어기적어기적 움직여야 했다(계단을 올라가는 건 비교적 무리 없이 가능했는데 계단을 내려갈 때 허벅지 근육에 몸무게가 실리면 기운이 쭉 빠지면서 아팠다). 그러나 자식 잃고 단식하시는 분들 앞에서 그나마 "오체투지라도 했습니다"라고 말할 수 있는 것은 다행이었다.

자식 잃고 단식하시는 분들을 다시는 보고 싶지 않다.

그러나 그로부터 2년 뒤 이태원 참사가 일어났고 나는 국회 앞에서 자식 잃은 부모님들이 단식하는 모습을 또 보게 되었다.

참사공화국 규탄한다. 책임자들 저주한다.

2020년에는 중대재해기업처벌법 오체투지에서 조금 회복되자마자 다시 나가서 마지막 날까지 데모를 했다. 중대재해기업처벌법 제정과 한진중공업 해고 노동자 김진숙 지도위원 정년을 앞두고 복직을 요구하는 시위로 민주노총이 주도했다. 방역지침을 지키기 위해서 각자 피켓을 들고 2미터씩 간격을 두고 도로 양쪽에 줄줄이 서서 시위했다. 나는 남편과 함께 마포대교 인근에서 피켓시위를 했다. 두 시간 동안 혼자 서 있었는데 행진도 못 하고 모여서 구호도 못 외치니까 외로웠다. 그러나 방역지침은 중요하므로 마스크도 제대로 코와 입을 다 덮게 쓰고 사람이나 차가 가끔 지나갈 때마다 피켓을 높이 들어서 눈에 잘 띄게 하려고 애썼다. 남편도 마포대교 반대편에 혼자 서서 두 시간 동안 목청껏 노래를 불렀다고 한다.

김진숙 지도위원은 2022년 2월에 명예복직했다. 37년 만의 복직이었다. 너무 늦었지만, 그래도 작은 승리였다고 생각한다.

집회 사람들 2

집회에 나가다 보면 독특한 사람들을 가끔 마주치게
된다.

예를 들면 2014년 5월, 참사 직후 청계천에서
세월호 진상 규명 서명을 받기 시작했을 때부터 눈
에 띄던 아저씨가 있다. 서명대 근처에 서서 영남 말
씨로 언제나 크게 고함을 치고 있어서 다들 경계했는
데, 외치는 말의 내용을 가만히 들어보니(계속 큰 소
리로 외쳤기 때문에 안 들을 수 없었다) 박근혜가 잘
못해서 아이들이 죽었고 박정희도 박근혜처럼 사람
많이 죽였고 악독한 군사독재자였다는 비판이었다.
그러니까 말하자면 '우리 편'인데 아저씨가 딱히 서
명에 참여하지도 않고 특정 지역 말씨로 고함을 치니
까 반대 세력으로 오해받은 것이다.

내가 이 아저씨를 기억하는 이유는 말씨나 고함
외에도 언제나 날씨에 맞지 않는 옷을 입고 있었기 때
문이다. 계절이 가을에서 겨울로 바뀌면서 이 사실이
명백해졌는데, 그 겨울에 외투 없이 와이셔츠에(같
은 색깔 와이셔츠를 계속 입었다) 바지 차림이었고 와
이셔츠 목깃은 그다지 깨끗하지 않았으며 구두는 심
하게 닳아 있었다. 그리고 언제나 속에 뭐가 들었을
지 모를 비닐봉지를 들고 있었다. 나는 아저씨가 노
숙하시는 분이거나 지낼 집이 없는 게 아닐지 걱정했

다(겨울에 광화문광장은 정말 추웠다). 그러다 촛불 집회가 시작되고 탄핵이 인용되고 정권이 바뀌고 나서 2017년 4월, 광화문광장에서 세월호 3주기 행사가 있었을 때 비닐봉지 아저씨가 다시 나타났는데 나는 놀라고 말았다.

　　비닐봉지 아저씨는 멋있어졌다. 따뜻하고 튼튼해 보이는, 깔끔하고 두꺼운 가죽 재킷에 깨끗한 와이셔츠와 잘 다린 바지를 입고 있었다. 구두도 잘 닦은 새 구두였고, 손에는 변호사나 교수가 들고 다닐 법한 번듯한 서류 가방을 들고 있었다. 다만 서류 가방과 함께 역시나 검은 비닐봉지를 들고 있었으며 여전히 고함을 질러서 나는 혼자서 웃었다(비닐봉지는 쪼글쪼글하게 구겨진 것이 안에 아무것도 안 들어 있는 듯 보였기 때문에 정말로 습관 혹은 정서적 안정을 위해서였다고 생각한다). 비닐봉지 아저씨를 본 것은 그때가 마지막이었다. 이후 아저씨는 세월호 농성장에 나타나지 않았다. 어떤 사연이 있는 분인지 모르겠지만 팬데믹을 무사히 넘기셨을지, 건강하게 잘 지내시는지 가끔 궁금하다. 마지막으로 보았을 때 깨끗하고 날씨에 어울리는 든든한 차림을 하고 있었으니 잘 지내실 것이라고 믿고 싶다.

세월호 농성장은 항상 그 자리에 있었고 아무나 올 수 있었기 때문에 무슨 사연이 있는지 모를 분들이 언제나 농성장을 지키고 있곤 했다. 저분들은 직장이나 학교에 다니지 않는 건가, 농성장은 냉난방도 충분하지 않고 화장실도 지하철 화장실을 사용해야 하는데 불편하진 않나, 집에 가지 않아도 되는 건가, 그런 생각을 가끔 했다. 그러다가 2015년에 경찰이 쏜 물대포에 맞아 백남기 농민이 사망했고 경찰이 진상 규명과 책임자 처벌 전에 시신을 탈취할지 모른다는 우려에 유가족은 장례도 치르지 못하고 서울대학교병원 장례식장에서 머무르게 되었다. 그래서 서울대병원 장례식장에 경찰 폭력을 규탄하고 의문사 진상 규명을 요구하는 농성장이 생겼다.

세월호 농성장에 항상 와 있던 분들이 대거 이 농성장으로 자리를 옮겼다. 세월호 농성장도 초기에는 반대 세력이 쳐들어와서 서명대를 엎거나 폭언을 하기도 했다. 그러나 이런 사람들은 어쨌든 일반 시민이었다. 반면 서울대병원 농성장은 경찰 폭력에 정면으로 대항하는 장소였기 때문에 분위기가 훨씬 더 긴장되어 있었다. 나는 가능한 한 시간이 날 때마다 서울대병원 장례식장에 들렀다. 거기서 보니까 세월호 농성장에서 농성장 생활에 익숙해진 분들이 저녁

문화제 하기 전에 밥도 차려서 배식하고 식사가 끝나면 쓰레기를 분리수거하고 문화제 때는 깔개를 나눠주고 끝나면 걷어서 정리하는 등 일종의 농성 공동체를 형성해 다 함께 그곳을 지키고 있었다. 그때 나는 학교에서 강의를 하고 있었으므로 나로서는 도저히 할 수 없는 일이었다. 무척 고마웠고 그런 공동체가 자연스럽게 형성되고 자발적으로 각자 자기 몫을 하며 참여하는 상황이 신기하기도 했다. 세월호 농성장 천막이 사라지고 기억 공간으로 바뀌었다가 그마저 철거된 지금, 나는 그분들이 어디서 어떻게 지내고 있을지 궁금하다.

농성장 생활에 익숙해지기란 말처럼 쉬운 일이 아니다. 농성장은 기본적으로 그냥 길거리다. 천막은 여름에는 습기가 차는 데다 글자 그대로 푹푹 찌고, 겨울에 바람이 불면 무너질 듯 펄럭거리고 주변에 차가 지나다니면 진동이 그대로 전해진다. 세월호 농성장에 있었을 때 추우면 옷을 껴입고 더우면 물을 마시고 부채질이라도 할 수 있는데 화장실은 정말 불편했다. 2014년 7월에 세월호 진상 규명 특별법 서명을 받을 때는 정말 절박했기 때문에 아침 10시쯤 가서 저녁까지 쉬지 않고 서명을 받았다. 그나마 앉아서 한숨 돌리는 건 화장실 갔을 때뿐이었다. 광화문 지하철역 화장실이 그나마 크고 시설도 좋지만 거리가 좀 멀었다. 가까운 곳은 길 건너 카페 화장실이었는데 좁아서 기다려야 하는 경우가 많고 눈치가 보이기도 했다. 그렇지 않아도 반대 세력들이 툭하면 쳐들어오던 때라서 나는 인근 카페들에 밉보이지 않으려고 화장실은 거리가 멀어도 지하철역으로 가서 사용하고 인근 카페에는 음료수 살 때만 들렀다.

*

2014년 여름에는 모든 종교 및 시민 사회 단체가 광화문 농성장에 와서 유민 아버지와 함께 단식을 했다. 나중에 416연대가 된 세월호참사 국민대책회의가 동조 단식하는 단체들에 천막은 제공했지만 현수막은 각 단체들이 알아서 만들어야 했다. 나는 서명대에서 서명을 받고 있었으므로 단식에는 참여하지 않았는데(배가 고프면 큰 소리로 몇 시간씩 말할 수가 없다) 갑자기 어디선가 남자들이 거칠게 외치는 소리 같은 게 들려서 깜짝 놀라 소리가 나는 곳으로 달려갔다. 또 반대 세력이 몰려온 줄 알았는데, 알고 보니 동조 단식하러 오신 가톨릭 신부님들이었다.

신부님들은 단식 천막에 붙일 현수막에 배를 탄

예수님과 십자가 등의 그림을 그리면서 "야 내가 그린 예수님 끝내주지 않냐!"라고 외치며 서로 그림 실력을 자랑하는 중이었고 그 뒤에 수녀님들이 앉아서 수심 가득한 표정으로 신부님들을 바라보고 있었다. 나는 '예수님'과 '끝내준다'가 한 문장에 같이 들어갈 수 있는 단어들이라고는 생각해본 적이 없어서 약간 충격을 받았다. 어쨌든 신부님들은 대략 남자고등학교 동창회 같은 분위기를 형성하며 왁자지껄하게 그림을 그리면서 즐거워했고 나는 안심하며 도로 서명을 받으러 갔다. 나중에 지나가면서 보니까 아까 예수님 끝내준다고 외치던 신부님들이 십자가와 노란 리본 목걸이를 걸고 '세월호 동조 단식' 몸자보를 입고 정자세로 엄숙하게 앉아 있어서 좀 웃겼다.

개신교에서도 물론 동조 단식에 참여했는데 나는 기독교장로회 장로님들이 감사하면서 항상 걱정되었다. 연로하신 어르신들인데 7월 폭염에 냉방 기구도 없는 찜통 천막 안에서 단식을 하시니까 조마조마하지 않을 수 없었다.

당시에는 '어버이연합'이 매일같이 세월호 농성장에 쳐들어왔는데 어버이연합은 주로 중노년층 남성이 많아서 경찰은 남성 노인이 농성장에 들어오려 하면 일단 무조건 경계했다(그 점은 경찰에게 지금도 감사하게 생각한다). 그러던 어느 날 장로님들 중 한 분이 길 건너 카페 화장실을 갔다가 돌아오는 길에 경찰에게 둘러싸였다. 장로님은 어버이연합하고는 당연히 관계가 없었지만, 덥고 귀찮아서 몸자보도 안 하고 전화기나 신분증도 다 천막에 두고 나갔기 때문에 신원을 증명(?)할 수 없었다. 장로님이 자신은 동조 단식하는 기독교장로회 소속 종교인이라고 아무리 설명해도 경찰은 듣지 않고 막아 섰다. 결국 안 오는 장로님을 걱정한 다른 장로님들이 무슨 일인지 알아보러 나왔다가 경찰에게 자초지종을 설명해서 오해는 풀렸다. 장로님들은 경찰이 해산한 뒤에 "너 어버이연합이라고 왜 자백 안 하냐", "너나 자백해라" 하고 서로 툭툭대면서 천막으로 돌아갔다.

동조 단식하는 분들은 그냥 천막에 가만히 앉아 있으면 덥고 배고프고 심심하니까 노란 리본 재료를 가져다 리본 목걸이를 만들어서 서명대에 주었다. 그러면 우리는 서명하는 분들이나 지나가는 분들에게 목걸이를 배포했다. 목걸이는 금방금방 사라졌지만 동조 단식하는 분들도 그만큼 빠르고 능숙하게 목걸이를 제작했다. 단식 천막에서 전달해준 목걸이를 서명대에 놓으면서 우리끼리 "밥 굶기고 일 시킨다"며 동조 단식하는 분들한테 미안해했다.

세월호 농성장에는 천막 카페가 있었다. 연중무휴로 언제나 열려 있었는데 목사님이 운영하고 관리했다. 이름은 '카페'지만 정말로 돈을 받고 커피를 파는 건 아니고 믹스커피와 티백 등에 뜨거운 물만 부어 간단히 마시며 난로 옆에서 몸을 녹일 수 있는 공간이었다. 나는 학교에서 강의가 끝나면 버스를 타고 습관적으로 세월호 농성장에 들러서 영석(단원고 2학년 7반 오영석) 아버지와 민우(단원고 2학년 7반 이민우) 아버지, 그리고 다른 농성장 사람들한테 인사라도 하고 혹시 서명대가 열려 있으면 서명도 받고, 리본 공작소에서 리본도 얻고, 그러다 집에 가곤 했다.

2015년 겨울 어느 날, 여느 때처럼 수업이 끝난 뒤에 저녁 늦게 농성장에 갔는데 영석 아버지가 나한테 "저 사람 좀 어떻게 해보라"고 다급하게 부탁했다. 영석 아버지가 가리키는 대로 천막 카페에 들어가 보니 젊은 여성이 앉아 있었다. 새하얀 예쁜 파카를 입은 굉장히 아름다운 여성이었는데 앞에 놓인 탁자에 성경과 커다란 페트병 소주가 놓여 있었다. 아버지들의 푸념에 따르면 이분이 오후에 불쑥 천막 카페를 찾아와서는 입고 있던 파카 주머니에서 성경과 페트병 소주를 꺼낸 뒤 병나발을 불고는 금세 취해서 눈에 띄는 사람에게마다 "하나님의 뜻을 알아요오?"라는 질문을 되풀이하고 있다는 것이었다. 내가 들어갔을 때도 문제의 여성은 천막 카페를 운영하는 목사님에게 "아저씨는 하나님의 뜻을 알아요오?"하고 반복해서 질문하고 있었다. 목사님은 당연히 하나님의 뜻을 알겠지만 딱히 대답하지는 않았다. 그래서 내가 하얀 파카 여성에게 말을 걸어서 집이나 친구 연락처라도 알아보려고 했는데 아무 소용이 없었다. 그저 "언니는 하나님의 뜻을 알아요오오?"만 계속 반복할 뿐이었다. 따뜻한 차나 커피라도 마시게 해서 술을 깨게 하려고 해봐도 "하나님의 뜻을 알아요오?"를 반복하며 흔들흔들 휘청거려서 뜨거운 음료를 가까이 가져가기엔 너무 위험했다.

결국 아버지들이 경찰을 불렀다. 세월호 농성장 주변에는 언제나 경찰이 상주했기 때문에 경찰은 금방 왔다. 남성 경찰 두 명이었는데, 한 명은 취객이 지겨운 듯 보자마자 얼굴을 찡그렸지만 다른 한 명은 이 아름다운 젊은 여성이 마음에 들었는지 만면에 미소를 띠고 있었다. 그러나 술 취한 젊은 여성은 경찰이 뭐라고 말해도 "오빠들은 하나님의 뜻을 알아요오?"로 일관했다. 결국 경찰 두 명이 양쪽에서 팔을 하나씩 잡고 일으켜 세웠는데, 술 취한 하얀 파카 여성은 그네 타듯이 경찰의 팔에 매달려서 "오빠들은 하나님의 뜻을 알아요오?"를 반복하며 천막 카페 밖으로 얌전히 나갔다.

농성장에 술을 가지고 와서 주정하는 것은 예의가 아니지만 젊은 아가씨가 혼자 온 데다 술에 많이 취해 있었기 때문이 나는 무척 걱정되었고 지금도 가끔 걱정된다. 취객에 대한 경찰의 방침은 (검색해보았더니) 일단 술이 깰 때까지 지구대에 보호했다가 정신이 들고 나면 귀가 조치하는 것이라고 한다. 하얀 파카 여성이 잘 보호받고 무사히 귀가했기를 바란다. 그리고 술에 특별히 강하지도 않은데 한겨울에 집 밖에서 혼자 페트병 소주를 들이켜는 행동은 자제하시면 좋겠다.

광화문광장에 원래부터 자리 잡고 있던 분이 세월호 농성장이 들어서면서 영역을 좀 뺏기는 일도 있었다. 언제나 등에 큰 종이를 맞댄 수제 피켓을 지고 광화문광장 남단에 엎드려 지내던 아저씨가 있다. 종이에는 우주의 기운이라든가 자연의 순리라든가 자기만의 철학이 가득 적혀 있었는데 대략 전지 크기의 종이에 적힌 내용이 매일 바뀌는 것으로 보아 직접 제작하시는 것 같았다. 아저씨는 전부터 광화문광장에 엎드려서 일종의 수행을 하고 있었던 듯한데 세월호 유가족이 광화문광장에서 농성을 시작하고 서명대가 들어서고 사람이 많아지면서 광장 끝으로 조금씩 더 밀려나게 되었다. 아저씨는 서명대에서 정면으로 바라다보이는 자리에 언제나 철학 논의가 빼곡히 적힌 종이를 등에 지고 엎드려 있었으므로 서명대 사람들끼리 우리가 아저씨 자리를 뺏은 것 같다고 미안해했다. 그렇다고 아저씨가 자기 영역을 주장하거나 농성장이나 서명대에 불만을 표하거나 그런 일은 전혀 없었고, 광장 끝으로 밀려나면 밀려나는 대로 조용히 엎드려 있을 뿐이었다. 그래서 더 미안했다. 그 땡볕에 긴소매 옷을 입고 돌바닥에 계속 엎드려 있으면 덥지 않으신지, 수분 섭취는 제대로 하시는지, 식사는 제때 챙겨 드시는지도 궁금했지만 서명대가 바빴기 때문에 자세한 걸 물어볼 수는 없었다.

그리고 2016년 겨울에 촛불집회가 시작되었다. 광화문광장은 촛불집회의 중심이었고 주말이면 움직이기도 힘들 정도로 인파가 모여들어서 나는 아저씨가 계속 엎드려 계시면 위험하지 않을까 걱정했다. 그런데 그 겨울에 아저씨가 3년 만에 몸을 펴고 일어서서 양팔을 들어 머리 위로 역시나 손수 제작한 종이 피켓을 들고 있는 모습을 보았다. 종이 피켓에는 아이들을 죽인 사람은 벌을 받아야 하며 위정자는 민심에 귀를 기울여야 한다는 등의 내용이 적혀 있었다. 이제까지와 비슷하게 고풍스러운 문체였지만 지금까지 보았던 이해하기 힘든 철학과는 달리 당시에 실제로 일어나는 현실 상황에 대한 분명한 의사표시였다. 그런 피켓을 3년이나 엎드려 있던 아저씨가 서서 들고 있는 모습에 나는 괜히 또 감동했다.

탄핵이 인용된 후 아저씨는 모습을 감추었다. SNS 등에서 언뜻언뜻 보기로는 홍대 인근에도 진출하신 것 같다. 그리고 사진을 보니 이제는 언제나 서 계신다. 아저씨가 건강했으면 좋겠고, 무엇을 주장하든 언제나 당당히 서 계시기를 바란다.

*

2018년에 대한문 옆에 있던 쌍용차 해고 노동자 분향소에는 일주일에 한 번씩 찾아오는 할머니가 있었다. 할머니는 당시 쌍용차 해고 노동자 분향소에서 일했던 내 친구를 왠지 좋아해서 목요일마다 반드시 찾아온다고 친구가 하소연했다. 왜 '하소연'이냐 하면, 딱히 해를 끼치는 것은 아니지만 매번 전혀 이해할 수 없는 이야기를 요령부득으로 늘어놓는다는 것이었다. 한번은 나도 우연히 목요일에 분향소에 있었기 때문에 할머니가 찾아와 내 친구에게 이야기하는 모습을 보았다. 친구 말대로 요령부득이기는 했지만 들어보아 하니 집에 인터넷 TV가 설치되어 있었는데 며느리가 명의를 바꾸면서 요금이 체납되어 이제 더 이상 나오지 않는다는 얘기 같았다. 그러나 할머니의 말씀을 여기저기 끼워맞춰서 이 정도 추론에 도달했을 때 할머니는 이미 하고 싶은 얘기를 다 하고 가버린 후였다. 쌍용차 해고 노동자분들이 사측과 합의해서 복직 약속을 받고 분향소를 철거했을 때 친구는 기뻐하면서도 한편으로는 목요일마다 찾아오던 할머니를 걱정했다. 할머니가 이제 어디 가서 누구에게 하소연을 하냐는 것이다. 그 마음 나도 이해할 것 같았다.

쌍용차 해고 노동자분들은 복직 약속을 받았지만 전원이 한꺼번에 복직할 수 있었던 게 아니라 단계적 복직이니 무급 휴직이니 여러 가지 우여곡절이 있었다. 사측이 복직시켜준다는 약속을 몇 번이나 번복해서 2020년 1월에는 회사에 찾아가 '출근 투쟁'을 벌이기도 했다. 2020년 5월에야 비로소 김득중 금속노조 쌍용자동차 지부장과 한상균 전 민주노총 위원장을 포함해서 해고 노동자 전원이 회사로 돌아갈 수 있었다. 그러나 2009년 파업과 농성 진압 과정에서

초래된 경찰 장비 손해를 배상하라는 국가 손배소와 회사가 청구한 손해배상 소송이 여전히 진행 중이다.

국가는 해고 노동자들에게 손해배상액 30억 원을 요구했고, 대법원은 이 손해배상 청구를 대부분 받아들이지 않았다. 2022년 11월 30일, 대법원이 2심 판결을 파기환송해서 서울고등법원으로 돌려보냈다. 나는 언제나 걱정을 열심히 하기 때문에 여러 가지 걱정에 휩싸여 너무 무서워서 법정 안에 들어가지 못하고 취재하러 온 기자들과 함께 문 앞에 웅크리고 앉아 있었다. 쌍차 동지들이 우르르 몰려나오는데 다들 웃고 있어서 그제야 일어서서 눈치를 좀 볼 용기가 생겼다. 대법원 문 밖에서 우리는 기자회견을 했고 이창근 금속노조 쌍용자동차지부 사무국장의 제안으로 "쌍용자동차 노동자 국가손해배상액 30억 원"이라고 인쇄된 종이를 갈가리 찢어서 하늘에 날렸다. 이 장면을 여러 언론사에서 상당히 멋지게 보도했기 때문에 제안 자체는 좋았다고 생각한다. 그러나 지구에는 중력이 있고 그러므로 찢어서 던진 종잇조각은 하늘로 올라갔다가 다시 땅에 내려앉았기 때문에 해고 노동자 지원단체 '손잡고' 활동가와 '인권재단 사람'의 박래군 이사장, 판결을 들으러 온 쌍용차 노동자와 금속노조 조합원 등 그 자리에 있던 참가자들이 모두 쪼그리고 앉아서 땅에 흩어진 종잇조각을 일일이 모아서 치워야 했다. 청소는 귀찮았지만 대법원 파기환송 판결이 진심으로 기뻤기 때문에 우리는 너무 좋아서 허죽허죽 웃으면서 찢어진 종이를 모았다. 11월 말이라 길이 차갑고 종잇조각을 줍는 손가락이 얼었지만 상관없었다. 2022년 한 해 중에 가장 기쁜 순간이었다.

그러나 2023년 6월, 서울고등법원의 파기환송심 판결은 실망스러웠다. 판결이 나오던 날 나는 한국과학소설작가연대 대표로서 서울 코엑스에서 서울국제도서전에 참여하고 있었기 때문에 서초동 고등법원이 멀지 않아서 얼른 찾아갔다. 판결 내용을 듣고 앞이 아득해졌다. 개인 노동자의 책임은 면제한다 하더라도 어쨌든 손해배상액 일부를 노동조합이 부담하라는 것이었다. '일부'라고 해도 30억에서 3억으로 줄었을 뿐이지 해고당하고 생계에 위협을 받으며 14년이나 투쟁해온 노동자들에게 어마어마한 금액이긴 마찬가지였다. 게다가 국가 손배소와는 별개로 회사가 제기한 손해배상 소송도 여전히 진행 중이었다.

판결 후 기자회견에서 금속노조 법률원 소속 변호사 선생님들이 "경찰 헬리콥터는 배상하지 않아도 되지만 경찰이 민간에서 빌려온 기중기에 대한 손해는 배상하라는 기준을 알 수 없다"고 비판했다. 양쪽 모두 경찰이 농성 중이던 노동자들을 위협하는 도구로 사용했는데 어째서 한쪽만 경찰 폭력이고 다른 쪽은 경찰 폭력이 아니라는 것인가? 김득중 지부장은 "사실 지붕 위에서 느끼기에는 경찰 헬기보다도 무거운 쇠공을 흔드는 크레인이 더 무서웠다"고 발언했다. 김득중 지부장은 특유의 차분한 말투로 조용히 얘기했지만 듣고 있던 나에게는 엄청난 충격이었다. 이분들이 대체 어떤 일을 겪은 것일까. 지붕 위에서, 헬기가 물을 뿌려 발밑이 미끌미끌한데, 기중기가 쇠공을 달고 나를 뭉개려 덤비는 상황을 사람이 실제로 겪었다니. 김득중 지부장의 이 발언은 판결 결과를 미리 알 수 없었으니 선고 전에 준비한 발언이 아니라 그때 즉석에서 떠올린 기억이다. 그래서 더 충격적이었다.

그러니까 이제는 경찰 개인이 노동자 몇 명을 대공분실로 끌고 가서 사람 대 사람으로 물리적 폭력을 사용할 필요가 없다. 21세기 대한민국 경찰은 기계문명의 화려한 결과물을 활용해서 무방비한 개인을 때리고 죽이고 위협한 뒤에 위협과 폭력과 살상에 사용된 비용을 피해자에게 물어내라고 강요한다. 그렇게 끝없는 재판과 소송이 빙글빙글 돌면서 노동자의 생명을 빨아먹고 가족의 삶까지 전부 으깨놓는다. 한국에는 징벌적 손해배상 제도가 없다고 하지만 내가 보기엔 기업은 사람을 죽여도 벌을 받지 않고 노동자는 부당해고에 항의해도, 노조에만 가입해도 온갖 징벌적 손해배상에 얽매이는 것 같다. 노동자는 기업의 노예가 아닌데, 기업이 멋대로 개인에게 감당할 수 없는 손해배상을 요구할 수 있게 하는 법제도를 정말 빨리 뜯어고쳐야 한다.*

---

* 2024년 1월 31일자로 대법원은 금속노조 쌍용차 지부 측이 정부에 손해배상금 1억 6600여 만 원과 지연이자를 지급하라며 정부 승소 판결을 내렸다. 15년간 5번의 재판을 겪은 끝에 나온 최종 판결이었다.

검은 시위

여성 관련 집회에도 열심히 나갔는데 차별금지법과 겹치는 행사가 많았다.

일단 2017년 '검은 시위'에 나갔고, 미투 운동에 불이 붙었던 2018년 청계광장에서 열린 '2018분 동안의 이어말하기'와 불법 촬영에 항의하는 혜화역 시위, 2019년에는 3월 8일 광화문에서 열린 여성의 날 기념 한국여성대회 시민난장에 참여했다. 페미시국광장이나 그 외 각종 개별 성폭력 사건에 대한 가해자 엄벌이나 법적·제도적 변화를 촉구하는 1인 시위 등에도 나갔다. 2017년에 '모두를위한낙태죄폐지공동행동'(모낙폐)가 결성되어 모낙폐 주최 행사와 1인 시위에도 틈틈이 참여했다.

2016년 10월 말에 열린 검은 시위 참가자들은 보신각 터 앞에 모여 종로 일대를 행진했는데 행진하는 도중에 '빈곤철폐를위한사회연대'(빈곤사회연대) 행진과 마주쳐 행렬이 엇갈리면서 상당히 혼란스럽고 재미있었다. 검은 시위 사람들은 "낙태죄를! 폐지하라!"를 외치고 있었고 빈곤사회연대는 "최저임금! 인상하라!"를 외치고 있었는데 내가 있는 행렬 중간쯤에서는 양쪽 행진이 겹치면서 "낙태죄를! 인상하라!"와 "최저임금! 폐지하라!" 이렇게 들렸다. 이 두 행진이 겹치는 곳에서 백남기 농민 추모 행렬이 중간에 끊어져서 뒤에 오던 분들이 앞서 가던 백남기 농민 행진 어디로 사라졌냐고 우리에게 물었는데 우리도 '낙태죄를 인상하라'는 혼란에 빠져 있었기 때문에 아무도 제대로 답변하지 못했다. 다들 길 잘 찾아가셨나 모르겠다.

검은 시위(Czarny protest)는 2016년 10월 15일에 폴란드 여성들이 시작한 시위인데, 생식권이 사망한 것을 애도하는 의미에서 검은 옷을 입었다고 한다. 당시 폴란드는 보수 우익 정권이 가톨릭 교회의 지침에 따라 여성, 아동, 장애인의 권리를 침해하는 법안이나 법 개정안을 내놓기 시작했다. 한국은 폴란드 자매들의 검은 시위를 수입해서 2019년 낙태죄 폐지에 성공했는데 폴란드는 오히려 임신 중단의 선택지가 줄었다. 그렇다고 한국이 뭐 더 나아진 건 아니다. 형법상 낙태죄가 없어졌을 뿐 임신 중단의 허용 범위를 규정한 모자보건법 제14조는 개정되지 않은 채 그대로 있다. 게다가 이 모자보건법 14조에는 나치 독일이나 일본 제국을 연상시키는 '우생학'이라는 단어도 버젓이 포함되어 있다. '우생학'이라는 개념이 한 나라의 법에 당당하게 들어가 있다니 정말 너무 수치스러운 일이다. 형법상 낙태죄 폐지라는 현실과 21세기 현재의 인권 감수성에 맞추어 모자보건법이 빨리 개정되어야 한다. 그리고 보건복지부와 식약처가 유산유도제를 도입하여 안전한 임신 중단이 가능하도록 해야 한다.

낙태죄 폐지 집회에서 들은 사례들은 너무 충격적이라서 잊을 수가 없다. 예를 들면 이런 것이다. 기저질환이 있어서 약을 먹는 여성이 모르는 사이에 임신을 했는데, 이 여성이 먹는 약이 태아에게 몹시 위험한 약이다. 그런데 약 복용을 중단하면 여성은 발작을 일으키게 되어 역시나 태아의 목숨이 위험해진다. 그래서 이 여성은 임신 중단 시술을 받는 쪽이 안전하다고 판단하고 병원을 수소문했는데, 낙태죄가 존재하던 시절이라 가는 곳마다 여성을 거부했다. 결국 여성은 약 복용을 중단했고 그래서 발작을 일으켰으며 병원에 실려가서 입원해 있던 중에 자연유산했다. 그랬더니 이 여성을 임신시킨 남자와 그 가족이 찾아와서 이 여성과 담당의사를 낙태죄로 고소했다고 한다.

그러니까 낙태죄는 실제로 임신한 여성과 태아를 보호하는 법적 장치가 아니라 남성과 그 가족이 여성을 협박하거나 위협해서 조종하고 휘두르기 위한 도구로 더 많이 사용되었다. 형법상 낙태죄에도, 모자보건법에도, 여성을 원치 않는 임신으로 몰아넣은 남성에게 책임을 묻는 조항은 하나도 없었고 지금도 없다. 처벌받는 것은 오로지 임신한 여성과 임신을 중단해준 의사뿐이다. 대한민국은 정말 무책임한 남자들이 살기 좋은 나라다.

2018년 여성의 날을 앞두고 3월에 열린 '2018분 동안의 이어말하기'도 낙태죄 폐지 집회들만큼이나 마음 아픈 시간이었다. 거기서 들었던 요양보호사 선생님의 발언을 잊을 수가 없다. 남성 노인들과 집 안에 단둘이 남겨지는 일이 많은데 그러면 성희롱이나 성추행이 그냥 일상이라는 것이다. 거동이 어려운 노인을 목욕시키거나 화장실에 갈 때 도와야 하는 경우도 있기 때문에 더욱 성적 괴롭힘이 만연하다고 한다. 그런데 요양보호사를 성범죄에서 보호해주는 제도적 장치는 지극히 미비하다. 소속기관이나 지자체에 이야기해도 '나이 드신 분들이 그럴 수도 있으니 참아라' 정도의 들으나 마나 한 이야기만 돌아온다고 했다. 이런 속 터지는 얘기들을 눈물과 함께 쏟아내다가 요양보호사 선생님은 다음과 같이 발언을 마무리했다.

"그렇지만 저희 요양보호사는 노인을 돌보는

전문가로서 자부심을 가지고 매일매일 일하고 있습니다!"

이 한마디가 나는 너무 존경스러우면서도 가슴 아프고 슬펐다. 요양보호사는 자격을 가진 전문가인데, 한국 사회는 돌봄 노동의 가치와 필요성을 인정하지 않기 때문에 요양보호사를 홀대하고 고객으로부터 범죄를 당해도 보호해주지 않는 것이다. 생각해보면 감정 노동자를 보호하는 산업안전보건법 제41조가 시행된 것이 2018년 10월부터였다. 그 전까지 서비스 직군 여성 노동자들은 고객이 무슨 짓을 하든, 폭언도 스토킹도 성범죄도 모두 참아내든지 아니면 그만두는 수밖에 없었다. 여성 노동자의 산업재해는 이렇게 남성이 경험하는 산업재해와 다르다. 더 음험하고 집요하고 눈에 보이는 상처도 흉터도 남기지 않는 경우가 많다.

성폭력에 노출된 경우 긴급전화 1366에 전화해서 상담하시기 바란다. 이름은 '여성' 긴급전화라고 되어 있지만 성폭력 전문상담원 수업 때 질문했더니 성폭력 사건은 다 상담하기 때문에 성별 관계 없다고 한다. 경찰 신고나 고소, 고발처럼 관련자 신원을 밝혀야 하는 게 아니라 그냥 상담이기 때문에 도움이 되는 정보를 안전하게 얻을 수 있다. 24시간 무휴로 운영한다.

*

　여성 집회가 항상 속상하기만 한 건 아니다. 2019년과 2023년 3월에 갔던 여성의 날 기념 한국여성대회 시민난장은 굉장히 즐거웠다. 2019년에는 광화문에서 열렸는데, 한국과학소설작가연대가 부스를 냈다. 나는 페미니스트 티셔츠를 얼른 사서 같이 참가한 작가님과 하나씩 입고(퀴어문화축제나 시민난장 같은 행사에서는 맘에 드는 물건이 보이면 얼른 사야 한다. 돌아서면 사라지고 없다) 배지도 팔고 스티커와 브로슈어도 배포했다. 한국과학소설작가연대는 시민난장에 참가하기 위해서 「여성SF작가의 한 문장」이라는 브로슈어를 특별히 만들었는데 여기에는 2019년 3월 당시 한국과학소설작가연대 회원 중 여성 작가들이 자기 작품에서 직접 뽑은 한 문장들이 수록되어 있었다. 그때는 한국과학소설작가연대가 별로 알려지지도 않고 회원 수도 많지 않을 때라서 우리는 브로슈어가 과연 얼마나 나갈지 고민하다가 일단 조심스럽게 2백 부만 인쇄했다. 그런데 오후 5시에 시민난장이 시작되고 약 두 시간 만에 브로슈어가 전부 사라져버렸다. 브로슈어가 동이 난 시점이 사람들이 대체로 퇴근하는 시간이라 광화문 시민난장 행사장에는 인파가 점점 불어나고 있었다. 특히 여성분들이 파도처럼 밀어닥쳐 우리 부스에 와서 "SNS에서 본 여성SF작가 브로슈어"에 대해 문의했고 다 나가고 없다고 답변하면 너무나 실망하며 돌아섰다. 좀 더 대담하게 천 부 정도 찍지 않았던 것을 지금도 후회하고 있다(「여성SF작가의 한 문장」의 인기를 보고 그해 서울국제도서전에도 「여성SF작가의 한 문장」과 「한국SF작가의 한 문장」 브로슈어를 만들어서 출전했는데 시민난장 때만큼 열화와 같은 성원을 얻지는 못했다. 아쉽다).

부스에는 오랜만에 만나는 동료 여성 SF작가님들이 계속 찾아왔는데 다들 간식을 들고 왔다. 아직 3월이라 조금 추웠지만 손님도 많고 동료도 많고 간식도 많아서 왁자지껄하고 재미있었다. 난장이 끝난 뒤에는 다 같이 행진하여 광화문 주변을 한 바퀴 돌았다. 나도 함께 참여한 작가님들과 SNS 친구와 함께 행진했다. 즐거웠다.

시민난장 행사는 코로나19가 덮친 2020년부터 2022년까지 중단되었다. 2023년에 시민난장이 다시 열린다는 소식을 보고 굉장히 반갑고 신이 나서 '한

국과학소설작가연대로 또 참가해야지!' 하고 찾아보
니 이미 신청 기한이 지나 있었다. 그래서 2023년 3
월 4일 시민난장이 열린 서울광장에 가서는 내가 후
원하는 '인권운동네트워크 바람' 부스에 가서 준비를
돕고, 바로 옆 조계종 부스에서 북도 치고 보라색 리
본도 얻었다.

　　같은 날 오후 1시에 보신각 터에서 여성노동자
대회에 나가 발언을 했다. 나는 대학강사 처우와 퇴
직금 소송 진행 과정에 대해 이야기했는데, 다른 여
성 노동자분들은 다 지회장으로서 앞장서서 사측과
싸우거나 오랜 비정규직 투쟁을 한 경험에 대해 이야
기하셨다. 이런 멋진 분들과 같은 무대에 설 수 있었
던 것이 영광이었지만 그분들에 비하면 나는 별로 투
쟁을 힘들게 하는 것도, 투쟁 이력이 긴 것도 아니라
서 좀 부끄럽기도 했다. 그리고 서울광장으로 돌아와
서 마침 이날 서울에 도착한 나의 콜롬비아 번역가 선
생님(도 여성이다)과 나의 SNS 친구인 장르문학 리
뷰 전문가와 함께 여성대회 행진을 했다.

　　나의 콜롬비아 번역가 카밀라 선생님은 2021년
에, 『저주토끼』가 유명해지기 한참 전에 한국에 직접
와서 내 단편집을 여러 개 읽고 그중 마음에 드는 작
품들을 선정해서 자신이 번역할 작품집을 직접 구성

했다. 그렇게 해서 카밀라 선생님이 스페인어로 번역한 나의 단편들이 2023년 초에 콜롬비아 보고타에 있는 출판사에서 '씨앗(Semilla)'이라는 제목으로 출간되었다. 나는 시민난장에서 구입한 페미니스트 배지와 에코백, 마스크, 소형 깃발 등 선물을 잔뜩 들고 시청광장에서 카밀라 선생님과 감격의 해후를 했다. 그리고 리뷰어 선생님과 셋이서 점심을 먹고 행진을 했다. 장르문학 리뷰어 선생님은 그날 생전 처음 행진이라는 것을 해보았다고 한다. 데모꾼 친구를 두면 결국은 행진도 해보게 된다는 것이 이 이야기의 교훈이다.

2024년 여성의 날에는 아마 외국에 나가서 문학행사에 참가하고 있을 것 같다. 한국에서 시민난장에 참가하지 못하는 것은 아쉽지만, 외국에서도 여성의 날 행사에 찾아가서 구경하고 싶다.

만국의 노동자여 단결하라

결혼해서 포항에 와서 살게 되면서 대구와 경북 지역 데모에 많이 참가하게 되었다. 남편이 민주노총에서 일하고 경북 지역에는 산업단지가 많기 때문에 경북 지역 노동문제에 대해서는 바로바로 소식을 듣게 된다. 그리고 내가 지금 살고 있는 지역이라 남의 일 같지 않다고 느끼기 때문에 뭔가 일이 있으면 최대한 참여하는 편이다.

아사히글라스 비정규직 지회 투쟁도 그래서 가보게 되었다. 딱히 아사히글라스 노동문제를 자세히 이해해서가 아니라 "비정규직 노동자들이 노동조합 만들었더니 회사가 문자 한 통으로 다 잘랐다"는 대략의 설명에 몹시 화가 났기 때문이다. 게다가 포항에서 구미가 차로 한 시간 반 정도 거리라 크게 멀지 않다. 아사히글라스 비정규직 지회는 2015년부터 지금까지 단결해서 복직을 위해 싸우고 있다. 그러는 사이에 아사히글라스는 AGC화인테크노한국으로 회사 이름을 바꾸었으며 2023년 12월 하순에 사내하청 형태로 고용했던 비정규직을 전부 해고했다(비정규직 해고는 이후 공장을 폐쇄하고 정규직을 해고하고 본국으로 철수하기 위한 첫 단계라는 의견이 있어 다들 불안해하고 있다). 그래서 AGC화인테크노는 비정규직 (전부 해고해서) 없는 회사가 되었다. 굉장하다.

구미산업단지 중에서 제4단지가 외국인 투자자를 위한 특별단지인데 외국 기업이 여기에 공장을 세우면 구미시가 땅을 공짜로 빌려주고 국세와 지방세 등 여러 세금도 감면해준다. 외국 기업은 이렇게 여러 가지 혜택을 받고 들어와서 한국 노동자를 고용해 돈을 벌어서 그 수익금을 자기 나라로 가져간다. 그리고 언제든 마음에 들지 않으면 회사를 접고 한국을 떠나버린다. 그러면 멀쩡하게 일 잘하고 있던 한국인 직원들은 전부 실업자가 된다. 회사는 감면받았던 세금을 뱉어낼 필요도 없고 공짜로 빌려 쓰던 공장 부지의 이용대금을 물어줄 필요도 없다. 누가 봐도 '먹튀'인데, 대한민국 정부도 구미시도 이런 먹튀 외국자본을 규제하거나 관리하지 않는다. 삽시간에 해고된 한국 노동자들이 항의하면 구미시와 대한민국 정부는 노동자를 탄압한다.

당시 아사히글라스는 2005년에 유리 제조 공장을 만들면서 구미시에서 50년간 무상으로 공장 부지를 임대받았고 국세 5년간 전액 감면, 지방세 15년간 감면 등의 특혜도 받았다. 2015년에 사내하청 비정규직 노동자들이 금속노조에 가입하자 178명 전원을 문자 한 통으로 해고했다. 이중 21명이 지금 9년째 싸우고 있다. 이미 법적 절차를 진행해서 근로자지위

확인소송에서는 1심에서 노동자들이 이겼고 2심에서 법원이 1심 판결을 유지하고 항소를 기각했다. 그러니까 AGC화인테크노 측이 해고 노동자들을 직접 고용해야 한다는 판결이 확정된 것이다. 그러나 사측은 해고자들을 고용하지 않고 상고를 했다. 그래서 대법원에 사건이 계류 중이다. 파견근로자 보호 등에 관한 법률(파견법) 관련 재판에서 1심 재판부는 사내하청이 불법파견이었다는 판결을 내렸는데, 2심인 대구고등법원 재판부가 이 사내하청에 대해 무죄판결을 내렸다. 여기에 검찰이 상고해서 이 사건도 대법원에 가 있다.

*

대구고등법원이 AGC화인테크노 사내하청 불법파견에 대해 무죄판결을 내린 것과 비슷한 시기인 2023년 1월에 한국비정규교수노조가 진행한 국립대 강사 퇴직금과 수당 청구 소송 2심에서 서울고등법원이 1심 판결을 완전히 뒤집어 학교 측이 강사 측에 퇴직금을 지급할 필요가 없다는 판결을 내렸다. 판결문 내용이 충격적이었는데, 강의 준비, 과제 출제와 채점, 시험 출제와 채점, 출결 집계 등에 소요되는 시간을 노동시간으로 인정할 수 없다는 것이었다. 오로지 강사근로계약서에 명시된 강의 시간만 강사의 노동시간이라는 것이다. 한편, 현재 강사법에 따르면 강사는 주당 6시간, 최대 9시간 강의할 수 있으므로 모든 대학강사는 초단시간 근로자이며, 이에 퇴직금도 수당도 줄 필요 없다는 것이었다.

이런 관점도 황당한데, 강의 준비 시간과 과제, 시험, 출결 집계, 학생 질문에 대한 답변 등등에 소요되는 시간에 대해 서울고등법원 2심 재판부는 "그런 노동이 필요하면 강사가 학교 측에 얘기해서 강사근로계약서를 수정했어야 한다"고 말했다. 즉 비정규직이며 개인인 강사와 고용주인 학교 사이의 권력 관계의 차이를 전혀 인정하지 않는 것이다. 그러면서 재판부는 계약서에 명시되지 않은 강의 준비 시간이나 행정업무에 소요되는 시간 등을 소정근로시간으로 인정할 수 없다고 했다. 이 판결문을 보고 내가 가장 먼저 느낀 감정은 분노가 아니라 황당함이었다. 이 판사는 자신이 재판 관련 서류를 읽고 법전을 찾아보는 데 사용하는 시간을 근로시간으로 인정할까 안 할까? 대한민국 모든 판사에게 재판정에 앉아 있는 시간에 대해서만 시간급으로 계산해서 임금을 지급하겠다고 하면 수긍할 판사가 몇이나 될까?

보수 정권이 들어서고 나서, 일명 '보수의 성지'라는 대구에서 불법파견에 대해 1심에서 유죄판결이 내려진 사건을 2심에서 갑자기 무죄로 판결한 사실과, 2000년대 초부터 대학강사 퇴직금 소송에서 강사 측이 이긴 판례들이 1심부터 대법원 판결까지 20년간 쌓여 있는데 이를 전부 무시하고 강의 준비 시간을 "인정할 수 없다"고 당당하게 판결문에 적은 사건이 연결되어 있다고 나는 생각했다. 물론 대구고등법원 재판부와 서울고등법원 재판부가 서로 상관없는 사건들을 의논해서 같은 판결을 내리기로 결정했을 리는 없다. 그러나 행정부의 정권이 바뀜으로써 사법부에도 상당한 영향을 미쳤고 이는 노동 혐오, 노동자 차별의 전반적인 기조로 흘러간다고 나는 추정했다. 그러므로 아사히글라스 비정규직 동지들의 2심 패소를 모른 체할 수 없었다.

나도 2010년부터 2021년까지 12년간 비정규직이었다. 그리고 2018년 고등교육법 개정안, 일명 '강사법'이 제정되어 2019년 시행되기 전까지 약 10년간 나는 한 학기에 한 번씩 해고당하고 다음 학기에 복직하기를 되풀이했다. 물론 그냥 해고당하고 그걸로 끝나서 다시 돌아가지 않은 학교들도 있다. 강사법 시행 전까지 대학강사는 학기가 끝난 시점에서 자신이 다음 학기에 다시 고용되는지 안 되는지 알 수 없었다. 대충 학기 중간에 학과 사무실 혹은 교수가 전화를 해 와 다음 학기에 어떤어떤 강의를 맡아달라고 부탁한다. 전화가 안 오면 잘린 것이다. 그때는 강사 채용 방식이 법이나 제도로 정해져 있는 게 아니었으므로 학기가 시작한 직후에 갑자기 전화가 와서 이 과목 강의할 사람이 급히 필요한데 혹시 해줄 수 있냐고 묻기도 했다.

2015년 말에 서울대학교 음악대학에서 강사 대량 해고 사태가 일어났을 때 해고 강사들이 지방노동위원회에 부당해고 구제신청을 하고 가장 처음 들은 말이 "어째서 부당해고가 발생한 지 3개월 안에 신청하라는 기한을 지키지 않았는가"였다. 왜냐하면 그 이유는 해고 강사들이 자신이 해고되었다는 사실을 몰랐기 때문이다. 학기가 끝나도 학과 사무실에서 전화가 안 오니까 방학 내내 기다렸고, 2016년 3월이 되어 개강하고 나서도 전화가 안 오니까 그제야 해고되었다는 사실을 알게 된 것이다. 그런데 2016년 3월 2일 개강일에 부당해고 사실을 깨달았을 때는 이미 2015년 12월 31일 학기 종료 후 3개월이 지나버린 시점이다. 결국 지방노동위원회에 해고 강사 당사자들과 당시 한국비정규교수노조 위원장이 이런 상황을 구구절절 설명하고 여러 가지 입증 자료들을 산더미같이 보내고서야 부당해고 구제신청이 받아들여졌다.

내가 데모하러 다니지 않았다면 세월호 농성장에서 동조 단식 천막 앞에 서 있는 '한국비정규교수노조' 배너도 못 보았을 것이고, 나에게도 노조가 있다는 사실도 몰랐을 것이며, 대학강사가 다른 노동자들에 비해서 얼마나 어처구니없이 불안정한 직종인지 깨닫지도 못하고 그냥 열심히 하면 언젠가는 교수가 되겠지 하고 지금도 꾸역꾸역 일하고 있었을 것이다. 자기가 해고 상태인지 고용된 상태인지, 해고당했다면 언제 해고당했는지 본인도 모르는 직업이라니. 그래서 아사히글라스 비정규직이라든가 다른 비정규직 노동자들이 부당해고 피해를 토로하면서 해고 일자와 해고 통보를 받은 정황을 명확히 말하는 모습을 볼 때마다 정말 죄송한 말씀이지만 부러웠다. 내가 해고당했을 때 저렇게 명확하게 언제 어떻게 해고당했다고 말할 수 있을지 생각했다. 할 수 없을 것이 뻔했다. '박사님', '교수님' 소리를 들으면서 자기가 해고당했는지 아닌지도 모르는 대학강사의 현실이 너무 멍청하고 한심하다고 스스로 생각했다. 다행히(?) 나는 해고당한 게 아니라 사직을 했기 때문에 내가 언제 어떻게 대학강사가 아니게 되었는지 정도는 제대로 말할 수 있게 되었다.

2015년 여름에 노조에 가입하고 2016년 1학기에 서울대 음대강사 집단부당해고 대응 학내 집회에 지원하러 가서 처음으로 노조활동다운 노조활동을 했다. 대학 본부 앞에 차린 농성장에서 구호를 외치며 선전전을 했는데, 나는 행진을 좋아하기 때문에 위원장님(현재 남편)에게 행진은 안 하냐고 제안했다. 그 결과 나는 서울대학교 언덕길을 커다란 노조 현수막 한쪽 끝을 들고 행진해야 하는 위기에 처했다. 그러나 행진은 재미있었다. 매주 한 번씩 수업이 끝나고 2호선을 타고 서울대학교에 가서 학내 집회를 하고, 언덕길을 행진해서 오르내리고, 음악대학 앞에 모여서 구호를 외치고, 지나가는 학생과 교직원들에게 선전물을 나눠주었다. 최저임금 1만 원 서명을 받기도 했다. 나는 세월호 농성장 서명대에서 특급 훈련(?)을 받은 사람이라 서울대 본부 앞에서 한 시간 정도 서명을 받는 것은 굉장히 쉬웠다(구호 잘 외친다고 위원장님에게 칭찬도 받았다).

음악대학 앞에서 학내 집회를 할 때면 학과 행정조교들이 나와서 어떤 강사들이 집회에 참여하는지 확인을 했다. 사진을 찍기도 했다. 학교 측에 보고하기 위해서 일종의 채증을 하는 것이다. 학과 사무실에서 항상 보던 조교인데 이제 학교 측을 위해서 학내 집회를 염탐하러 오고 사진도 찍으니 해고 강사들은 배신감을 토로하며 분노했다. 그런데 몇 달 지나지 않아 학교 측이 이 전업 행정조교들을 전부 해고했다. 그래서 해고당한 조교들이 대학노조에 가입하고 해고당한 강사들과 함께 싸우게 되었다. 이러니까 만국의 노동자여 단결하라는 것이다. 노동자가 사측 편들어서 좋을 게 하나도 없다. 사측이 보기에 노동자는 그냥 소모품이다. 저 사람을 염탐하면 내가 안 잘리는 게 아니다. 다 함께 맞서서 부당해고라는 현실을 뒤집어엎지 않으면 언제든 누구든 해고당할 수 있다.

음대 해고 강사들은 본부 앞에 마련한 농성장에서 천막난장도 진행했다. 고기를 구워서 사방에 냄새를 피우며 삼겹살 파티도 했고 지원에 적극적인 교수들을 불러 강의도 들었다. 이때 연구년을 맞이하여 학교를 떠나 있던 연로한 사학과 교수님이 서울대 법인화에 대해 얘기해달라는 요청에 제주도에서 당장 날아와서 학교 법인화를 규탄하는 강의를 했다. 서울대학교는 2011년에 '국립대학법인'이 되었다. 천막난장에서 강의한 교수님의 요점은 서울대가 시흥에 신규 캠퍼스를 건립하면서 투기자본에게서 합법적인 방식으로 이익을 얻고 싶어 법인화를 했다는 것이었다. 대학교는 비영리 조직이기 때문에 학교인 채로는 수익을 내더라도 관계자들이 그 이익을 나눠가질 수 없다. 그러니까 한마디로 땅 투기해서 돈 벌고 싶어서 학교를 회사로 만들었다는 얘기인데, 교수님은 이를 엄청나게 규탄하면서 천막난장에 모인 학생들에게 "여러분을 가르치는 교수들이 법인화에 찬성했습니다! 내가 교수 이름 다 알려줄 겁니다!" 하시더니 진짜로 법인화에 찬성한 교수들 이름을 읊기 시작했다. 이렇게 강직한 교수를 보는 것은 정말 오랜만이었고 강의는 대단히 인상적이었다.

해고당했던 서울대 음악대학 강사들은 2016년 말에 중앙노동위원회 중재를 통해 결국 복직에 성공했다. 이때 복직 투쟁을 이끌었던 성악과 선생님이 현재 한국비정규교수노조 수도권 분회 분회장을 맡고 있다. 그러나 수도권에 대학이 많지만 각 대학에 노조에 가입한 강사 수는 적다 보니 유대감도 활동도 느슨한 편이다. 수도권에 대학 분회가 있는 곳은 성균관대학교와 성공회대학교뿐이다. 그에 비해 비수도권은 대부분 비정규교수노조 분회가 활성화되어 있고 조합원 수도 많다.

*

아사히글라스 비정규직 지회도 아무래도 10년 가까운 세월 동안 같이 싸우다 보니 결속이 단단하다. 2023년 7월 아사히글라스 비정규직 지회 투쟁 8주년 기념 문화제에서 178명 중 당시 23명 남은 조합원들은 AGC화인테크노 측이 "지회장 빼고 22명만 정규직으로 입사시켜줄 테니 노동조합을 떠나라"는 제안을 했다고 폭로했다. 22명은 즉시 거부했는데 매우 원색적인 표현으로 거부했기 때문에 자세한 설명은 하지 않겠다. 이후 조합원들은 서로 "네가 지회장 빼놓고 정규직 돼서 회사 돌아가라"고 농담을 한다고 한다. 어느 조합원은 "8년이 너무 힘들었지만 8년 전 그날로 돌아가도 다시 이렇게 싸우겠냐고 물으면 똑같이 싸우겠다"고 외쳤다. 차헌호 지회장은 "투쟁하는 지금이 내 인생에서 가장 아름답다"고 말했다.

이날 대구경북 지역 전체 노동시민사회가 다 찾아와서 성대한 노동 축제 자리가 되었다. 대구의 성서공단노동조합 이주노동자 사업부, KEC 지회, 한국옵티칼하이테크 지회, 소성리 부녀회 등 대구경북 지역에서 대표적으로 투쟁하는 단체들은 다 참석했다. 특히 소성리 부녀회와 사드대책회의는 아사히글라스 비정규직 지회와 아주 친하다. 거리가 가깝기 때문에 2017년에 소성리에 사드가 반입되고 주민들이 반대 투쟁을 시작했을 때 아사히글라스 비정규직 지회가 가장 먼저 달려갔다고 한다. 그리고 아사히글라스 비정규직 지회에 무슨 일이 있으면 또 소성리 부녀회가 달려오신다. 대구법원에 임금체불 재판(AGC화인테크노 정말 가지가지 한다)을 속행해달라고 민원을 내러 갔다가 경찰에 막혔을 때도 소성리 부녀회는 추운 날씨에도 불구하고 달려와서 대구법원 앞에서 민원 접수가 끝날 때까지 같이 기다리고 응원하고 접수가 끝난 뒤에 마무리 집회하고 인사까지 하고 가셨다. 소성리 부녀회는 대체로 육십대 이상 노년 여성들이다. 경찰과 대치가 길어질 것 같으니 바로 대구법원 정문과 경찰 버스 사이에 안정적인 자리를 찾아 돗자리부터 깔고 편안하게 앉아서 간식을 드시는 느긋한 모습을 보며 저런 여유로운 강인함은 어디서 나오는지 생각했다.

아사히글라스 비정규직 지회의 승리를 기원한다. 근로자지위확인소송에서 회사가 해고 노동자들을 직접 고용하라는 판결도 이미 나왔다. 회사가 법원의 판단에 귀를 기울여 어떻게든 조합원들이 빨리 다들 직장으로 돌아갔으면 좋겠다. 투쟁이 아무리 아름다워도 농성장의 여름은 덥고 겨울은 춥고, 생계가 불안하고 앞날이 흔들리는 마음을 모르지 않는다. 장기 투쟁 사업장이 하나라도 빨리 줄었으면 좋겠다.

*

사드(THAAD, 고고도 미사일 방어체계)는 경상북도 성주 지역 소성리와 김천에 설치되었는데, 소성리와 김천은 산 하나를 사이에 두고 이쪽 산기슭과 저쪽 산기슭에 자리잡은 지역이다. 소성리에는 미사일이 들어왔고 김천에는 미사일을 조종하는 레이다가 설치되어 있다. 이 레이다를 설치하고 2017년부터 2022년 5년간 김천에 암환자가 10명 발생했다. 고령화가 진행되는 지역이라고 해도 본래 참외 농사, 자두 농사를 짓던 산 좋고 물 좋고 평온한 지역이라 지역 주민들 건강 상태가 나쁘지 않았는데 암환자 10명 발생은 이례적이라고, 2023년 3월에 국방부 주민설명회 반대 기자회견이 열렸을 때 '사드배치반대 김천 시민대책위원회' 위원장님이 말했다.

국방부는 2017년 사드 설치 전에 진행했어야 할

주민설명회를 사드가 설치되고 6년이나 지난 2023년에 갑자기 하겠다고 했다. 사드를 설치하기 전에 제대로 환경영향평가를 실시하고 주민설명회도 제때 했어야 하는데 이제 와서 일방적으로 졸속 주민설명회를 해치우려고 들고 주민들이 하는 말은 괴담이네 어쩌네 하면서 무시하니까 국방부를 어떻게 신뢰할 수 있겠는가. 소성리와 김천 주민들이 모두 반대했고 그래서 기자회견과 반대행동을 위해 경북 지역 시민사회단체와 민주노총 지역본부, 산별 노조들이 최대한 달려갔다. 나는 사드가 소성리에만 설치된 줄 알았는데, 김천에 레이다가 들어와 있으며 주민들 건강에 그토록 악영향을 끼치고 있다는 사실을 그때 처음 알았다. 그런데 주민들 건강이 악화되면 몸이 아프니까 투쟁하기 힘들어진다. 가습기 살균제 피해자들이 직접 나서서 투쟁하기가 어려운 이유와 같다. 하지만 국방부도 보수 언론도 김천에 설치된 레이다와 전자파의 악영향을 '괴담'이라고 치부하고 자꾸 무시하려고만 든다. 소성리 주민들이 원하는 것은 그냥 이제까지 했듯이 참외와 자두를 키우며 평화롭게 사는 것이다. 소성리가 사드가 아니라 참외로 유명한 고장으로 다시 돌아가는 것이다.

2023년 9월 초에 '제15차 소성리 범국민 평화

행동'이 있었다. 여기에 참여해서 달마산에 올랐다. 울창한 산에 계곡에 시냇물이 흐르는 전형적인 한국적 자연 풍경이었다. 산 아래쪽 동리는 9월이지만 폭염이 계속되어 더운데 산에 들어가니 서늘했다. 그런데 또 언덕길이 가팔라서 미군 부대 앞까지 올라가니 공기는 차가운데 땀이 줄줄 흘렀다. 동리 어귀부터 산 중턱까지 "사드 반대", "이 땅은 미국 군대를 위한 것이 아니다" 등의 현수막이 걸려 있었다.

미국은 한국에 사드를 배치하기 전에 유럽에 미사일 방어체계를 구축했다. 주로 러시아를 견제하기 위해서 폴란드와 루마니아, 튀르키예에 삼각형으로 미사일 기지를 건설했는데, 러시아는 이에 대응해 2018년에 칼리닌그라드(폴란드와 리투아니아 사이에 조그맣게 고립된 러시아 영토)에 유럽을 향해서 미사일을 설치했다. 그리고 2022년 러시아는 우크라이나를 침공했다. 왜냐하면 우크라이나가 러시아 영향권에서 벗어나 유럽연합에 가입하려고 했기 때문이다. 아주 간단하게 요약했지만 나의 지역학 전공 지식을 바탕으로 검증된 논문을 조사하고 러시아와 우크라이나의 뉴스를 오랫동안 지켜보며 모은 정보를 근거로 하여 내린 결론이다.

그래서 이 이야기의 교훈은 무엇이냐면 미국의

미사일 방어체계가 실제로 전쟁을 막는 데 아무 쓸모가 없다는 것이다. 우크라이나 바로 옆에 자리 잡은 폴란드에는 최근 10년간 완공된 미국 미사일 기지가 두 개나 있다. 미국 미사일이 그토록 효율적이라면 우크라이나는 침공당하지 않았어야 했다. 미국 미사일은 그저 '방어'하겠다는 그 상대방을 도발할 뿐이고, 외교관계를 악화시키며, 게다가 미사일이 설치된 지역 환경을 훼손하고 주민들의 삶을 망가뜨린다. 달마산은 아름다운 자연이 남아 있는 곳인데 미군이 길을 뚫고 아스팔트를 바르고 시멘트로 포장해서 산 중간을 뚝 끊어놓았다. 일본이 쇠말뚝 박았다는 강점기 괴담(과연 괴담일까)이 생각나는 풍경이었다. 산을 올라가면서 〈민중의 노래〉를 들었는데 그런 광경을 보니 가사가 더욱 와 닿았다.

독재 정권의 저 폭력에 맞서
외세의 수탈에 맞서
역사의 다짐 속에 외치나니 해방이여

해방은 투쟁에서 온다. 사드철회 성주대책위원회와 소성리 부녀회는 3월에 국방부가 주민설명회를 강제 개최하겠다고 왔을 때는 전원 다 나와서 회의장

앞을 막고 핸드폰으로 상황을 촬영하며 이글이글 불타는 기세로 한 치도 물러서지 않았다. 다시 말하지만 이분들은 평균 연령 육십대의 중노년 어르신들이고 대부분 여성이다. 국방부 담당자는 어르신들께 야단만 실컷 맞고 회의장 문도 열지 못하고 돌아갔으며 주민설명회는 성공적으로 무산되었다. 9월 초에 범국민대회를 하러 갔을 때는 소성리 부녀회 최연소(?) 구성원이자 기록 담당 동지가 "어르신들은 지금 방학 중이라 쉬고 계신다"고 양해를 구했다. 나는 대구법원 문앞에 돗자리를 깔고 앉아 간식을 드시던 어른들 모습을 생각했다. 싸울 때는 싸우고 쉴 때는 쉴 줄 알아야 오래 버티고 끈질기게 투쟁할 수 있다. 그리고 결국 끈질긴 쪽이 이긴다. 나도 맨날 전력 달리기만 하지 말고 완급 조절을 할 줄 아는 현명한 어른이 되어야겠다고 결심했다.

참고로 위에 인용한 〈민중의 노래〉는 외세의 상업자본으로 만든 뮤지컬 주제곡이 아니고 김호철 작사, 작곡의 한국 '민중의 노래'다. 2016년 12월 촛불집회 당시 청와대 앞에서 〈민중의 노래〉가 울려 퍼지는 가운데 횃불을 든 시민들이 행진해서 들어왔다. 그 광경이 굉장히 멋있었기 때문에 나는 이 한국 버전 〈민중의 노래〉를 좋아한다.

*

　대구 성서공단노조 이주노동자 사업부에 대해
서는 전혀 모르고 있다가 남편이 같이 집회에 가자고
해서 알게 되었다. 성서공단노조 이주노동자 사업부
는 무려 2004년에 만들어져 20년 역사를 자랑한다.
대구경북 지역에 공단이 많다 보니 이주노동자 숫자
도 많다. 그런데 한국 정부는 지금까지도 이주노동자
에 대해 고용허가제를 시행하고 있다. 즉 이주노동자
가 다른 사업장으로 이직이나 전직을 하고 싶으면 고
용주의 허가를 받아야 한다. 그러지 않으면 취업비자
가 취소되고 불법체류자로 전락한다. 그런데 이직이
나 전직을 하고 싶은 이유 자체가 고용주의 임금 체
불, 폭행이나 폭언, 열악한 처우나 괴롭힘 때문인 경
우가 많다. 이런 경우 고용주가 이직을 허락하지 않
는 것 자체가 괴롭힘이 된다. 이주노동자는 취업비자
를 포기하고 한국을 떠나든지 아니면 계속 시달리며
참아야 한다. 그러다가 이주노동자가 비닐하우스에
서 얼어 죽는 사태가 발생하는 것이다.
　2022년과 2023년 4월 말, '이주노동자 메이
데이' 대회에 참석해서 이주노동자 당사자에게 이런
이야기를 들었다. 그리고 고용허가제 대신 '노동허

가제', 즉 취업비자를 받은 자에게 자유롭게 취업할 수 있도록 허가해주는 제도를 도입하라고 요구했다. 2022년에는 집회 전에 이주노동자 당사자분들 발언을 영어에서 한국어로 번역했다. 그리고 고용허가제와 이주노동자 인권보장 요구를 담은 피켓을 들고 대구 시내를 행진했다. 2023년에는 대구출입국·외국인사무소 앞에서 집회를 했다. 왜냐하면 '불법체류자'가 아니라 미등록 이주민들이 대구출입국·외국인사무소에 억류되어 있기 때문이다. 사무소 3층에 억류된 이주민들이 들을 수 있도록 집회에서 한국어 발언을 영어로 통역하는 일을 맡았다. 나는 동시통역을 할 능력이 없어서 후시통역(?)을 했다. 즉석 자유 발언을 통역하며 당황하기도 했고 큰 소리로 한꺼번에 빨리 많이 말했더니 목이 말랐지만 집회에서 뭔가 역할을 할 수 있어서 조금 기뻤다.

유학 시절 8년간 나는 대학원 카페에서, 기숙사 접수 데스크에서, 그리고 연구 조교나 수업 조교로 계속 일을 했다. 미국의 경우 학생비자를 가진 사람에게는 학교 안에서 전공 관련된 업무로 주 20시간까지만 노동이 허용된다. 학교 안에서 찾을 수 있는 일자리는 많지 않았고 아무리 일해도 딱 굶어 죽지 않을 정도의 돈만 벌 수 있었다. 그렇다고 학교 밖에 나가서 돈을 더 많이 주는 일자리를 찾을 수도 없다. 그러면 불법취업이 된다. 유학생 중에 가끔 한국 음식점 등에서 암암리에 일하는 사람도 있었다. 당연히 취업 기록은 없고 임금은 현금으로 받았다. 한국에서라면 대학생이 학교 앞 음식점에서 아르바이트하는 것은 그냥 흔한 일이었을 것이다. 하지만 가족과 친구 등의 인적 자본과 사회경제적 자본을 본국에 다 두고 외국에 나온 상태에서 먹고살기 위해 똑같은 아르바이트를 하면 '불법 인간'이 된다. 나는 독신이라서 혼자 버티면서 주 20시간만 일하고 학교가 주는 굶어 죽지 않을 정도의 푼돈을 받고 가난하게 살았지만 가족이 있으면, 특히 어린아이가 있으면 돈 벌 방법을 궁리할 수밖에 없을 것이다.

이주노동자 메이데이 대회에 가서 "불법 인간은 없다"는 구호나 현수막을 볼 때마다 나의 '외국인 노동자 시절'을 생각했다. 불법체류나 불법취업은 어감처럼 그렇게 무시무시한 범죄가 아니다. 먹고살려고 하다 보면 그냥 그렇게 되는 것이다. 어차피 이주노동자들이 한국에 와서 하는 일이란 한국인이 원하지 않는 종류의 일이다. 이주노동자가 한국에 와서 단번에 재벌기업 회장이 되거나 국회의원이 되거나 한국인의 재산과 권리를 빼앗아 풍요롭게 사는 게 아니다. 이주노동자들은 공장과 농장에서 힘들게 일하고 지극히 열악한 환경에서 터무니없이 적은 돈을 받는다. 일하다 사고를 당하거나 병에 걸리면 의료비는 고용주가 부담해야 하는데 고용주가 무책임하면 병원조차 제때 못 가는 일도 흔하다. 최소한 현재의 일터가 괴로우면 다치거나 죽기 전에 다른 일자리로 옮길 자유는 주어져야 한다. 권리나 법률을 따지기 전에 사람 생명에 관계된 일이다.

한국옵티칼하이테크 지회는 아사히글라스 비정규직 지회와 같은 구미 4단지에 있으며 최근에 생긴 투쟁 사업장이다. AGC화인테크노처럼 한국옵티칼하이테크도 닛토덴코(Nitto Denko)라는 일본 기업이 투자해서 만든 회사이며 역시 AGC화인테크노처럼 구미시에서 공장 부지를 공짜로 빌리고 법인세, 취득세 등을 감면받는 혜택을 받으며 2003년에 문을 열었다. 공장 수익도 적지 않았는데 2018년과 2019년에 주문 물량이 줄었다며 희망퇴직을 받았다. 그랬다가 3, 4년이나 지난 2022년 4월, 회사에서 다시 주문 물량이 늘었다며 희망퇴직으로 내보냈던 직원들에게 굳이 연락을 해서 도로 불러들였다. 그렇게 희망퇴직하고 3, 4년간 다른 직장에 다니며 다른 삶을 살던 노동자들을 다시 불러들이고 반 년 만인 2022년 10월에 공장에 불이 났다. 한 달 뒤에 일본 닛토텐코는 (보험금은 모두 받아 챙긴 뒤) 폐업을 선언했다.

지금 11명 남은 조합원들이 싸우는 이유가 바로 이것이다. 다른 직장 찾아서 3, 4년이나 잘 살고 있던 사람들을 왜 다시 불러들여 반년 만에 실업자로 만드냐는 것이다. 보험금도 1,300억 원이나 받았으면 공장을 수리해서 다시 조업을 하든가, 아니면 평택에 있는 같은 계열사에서 고용승계를 해달라는 것이 조합원들의 요구다. 고작 11명이고, 이전부터 구미 공장과 평택 공장에서 인력을 교환해서 조업한 일도 있으니 무리한 요구도 아니다. 회사 측은 무조건 폐업하겠다며 농성장의 수도를 끊었고 구미시와 함께 철거반을 계속 보내 압박하고 있다.

어차피 폐업하고 싶었던 공장에 퇴직했던 직원들을 굳이 다시 부른 이유는 회사 측 입장에서 보면 '합리적인 경영상의 결정'이었을 것이다. 마지막으로 주문 들어온 물량만 빨리 만들고 사업을 접으면 되는데, 신규 인력을 뽑으면 빨리 충원된다는 보장도 없고 무엇보다도 기계 다루는 법이나 작업 방식을 새로 가르쳐야 한다. 퇴사한 인원이 다시 재고용해야 하는 인원보다 많으니 기존에 일했던 사람을 다시 불러들이면 빨리 충원되고 일을 가르치지 않아도 바로 작업에 투입할 수 있다. 여기까지는 이해할 수 있다. 문제는 이렇게 다시 고용한 노동자들이 쓸모 없어지면 도로 버려도 된다는 사고방식이다. 그리고 그런 행태를 허용해줄 뿐만 아니라 공권력을 동원해서 지원까지 해주는 대한민국 법제도와 정부와 구미시의 태도다.

2023년 여름의 아사히글라스 비정규직 문화제는 성대하게 막을 내렸다. 이주노동자, 정주 노동자, 해고 노동자, 노동조합원, 땅과 생명을 지키는 부녀회가 모두 아사이글라스 비정규직 문화제에 와서 무대에 올라 응원의 말을 외치고 노래하고 춤추고 어깨 걸고 사진을 찍었다. 아사히글라스 비정규직은 매주 수요일에 수요문화제도 진행한다. 한국옵티칼하이테크 지회도 농성장이 가깝기 때문에 자주 참가한다. 나도 틈나는 대로 참가하려고 노력하고 있다.

고공농성

나는 고공농성을 직접 해본 적은 (다행히!) 없다. 고공농성을 지원하는 농성장에 응원하러 방문하거나 고공농성을 시작하거나 끝내는 분들을 지켜본 적은 있다. 고공농성은 보는 사람도 힘들지만 하는 사람은 거의 대부분 건강이 심하게 악화된다. 세상에 고공농성이 없어졌으면 좋겠다. 그러니까 고공농성을 할 필요가 없어졌으면 좋겠다.

2014년 11월, 케이블방송사 씨앤엠(C&M) 비정규직 노동자 두 명이 비정규직 109명 대량 해고에 항의하며 광화문 프레스센터 앞 전광판 위에 올랐다. 세월호 농성장 서명대에서 정면으로 보이는 곳이었다. 그것이 내가 목격한 첫 고공농성이었다. 세월호 농성장에 갈 때마다, 서명대에 서 있는 내내 전광판을 조마조마하게 바라보았다. 당시 주요 통신사와 케이블방송사 비정규직 노조들의 연합체인 희망연대노조에서 집회를 하면 길 건너가서 나도 참석했다. 집회에서 들은 이야기에 따르면 전광판 위는 좁고 길어서 밤에 제대로 누울 공간도 없고 전자파 때문에 끊임없이 윙윙 소리가 울린다고 했다. 그런 곳에서 잠은 어떻게 자고 식사는 대체 어떻게 해결하는지, 추운데 침낭이라도 놓을 공간이 있는지, 몸은 어떻게 씻는지

나는 계속 걱정했다. 결국 씨앤앰 비정규직 투쟁은 승리로 끝났고 회사는 노동자들의 요구를 모두 들어 주었다. 그러나 전광판 위에 올라갔던 두 명이 내려오는 과정은 순탄치 않았다.

고공농성이 승리했다는 말에 나는 서명대 동지들과 함께 전광판에서 내려오는 분들을 환영하러 갔다. 가서 보니 전광판 주변에 경찰이 몇 겹으로 둘러서 있어서 가까이 갈 수도 없었다. 50일간 고공농성하며 잠도 제대로 못 자고 밥도 제대로 못 먹은 사람들을 체포해야 하겠다는 것이다. 희망연대노조 사람들은 경찰을 막으며 고공농성에서 내려온 사람들을 우선 병원에 보내야 한다고 주장했다. 경찰은 물러서지 않았다. 아수라장 속에 사다리차가 올라갔다 내려갔다 하다가 신부님과 야당 국회의원 등의 중재로 간신히 내려올 수 있었다. 노동자들이 땅을 밟은 순간에 기다리던 동료들과 경찰이 한꺼번에 모여들어 다시 소란이 벌어졌다. 고공농성을 마친 두 분은 결국 병원으로 이송될 수 있었지만 그 과정을 지켜보는 것이 너무 괴로웠다. 저러다 두 분이 땅에 내려오지도 못하고 쓰러지면 어떡하나 한참 걱정했다.

*

2014년 12월 13일 쌍용차 해고 노동자 김정욱 동지와 이창근 동지가 평택 공장 70미터 굴뚝 위에 올랐다. 해고무효확인 청구소송이 대법원에서 패소하여 원심 판결이 유효하다는 취지로 서울고등법원으로 돌아가자 이에 항의해서 두 사람이 고공농성을 시작한 것이다. 김정욱 동지는 사측과 협의하기 위해 먼저 내려왔고 이창근 동지는 석 달 열하루를 채우고 2015년 3월 23일에야 내려왔다. 한편 구미국가산업단지에 있는 스타케미칼 공장 굴뚝에서는 차광호 동지가 공장 폐업에 반대하여 굴뚝농성을 이어가고 있었다. 차광호 동지는 408일 동안 고공에서 투쟁하며 당시 굴뚝 농성 최장기 기록을 세우고 회사 측이 해고자 고용 보장, 민형사상 소송 취하, 노조 활동 전면 보장 등의 조건에 합의한 후 2015년 7월에 땅으로 내려왔다. 나는 구미 스타케미칼과 평택 쌍용차 굴뚝 농성에는 가보지 못했다. 그저 SNS로 계속 소식을 확인할 뿐이었다.

2015년 3월에 발표된 '4·16 세월호 참사 진상 규명 및 안전사회 건설 등을 위한 특별법 시행령'은 특별법이 보장한 진상 조사의 범위를 축소하고 사무

처에 지나친 권한을 부여하는 등의 문제를 잔뜩 안고
있었다. 이석태 당시 '4·16 세월호 참사 특별조사위
원회' 위원장이 광화문 세월호 농성장에 와서 시행령
반대 농성을 시작했다. 이어 세월호 유가족들도 세월
호 농성장에 모였다. 3월이라 이미 학교가 개강한 상
태였기 때문에 나는 수업 가기 전이나 수업이 끝난 후
에 계속 농성장에 들렀다. 8개월 전에 광화문에 농성
장이 생길 때만 해도 유가족 부모님들은 그냥 평범한
아저씨, 아줌마였고 집회에서 발언을 하거나 모르는
사람들에게 끊임없이 호소해야 하는 상황을 낯설어
하고 괴로워했다. 2015년 3월에 부모님들은 노란 우
산과 피켓을 들고 모여서 포즈를 취하며 "사진을 찍
어서 SNS에 널리 알려달라"고 시민들에게 부탁할 정
도로 투쟁에 익숙해졌다. 익숙하게 농성에 돌입하는
모습이 나는 마음 아팠다.

　　그리고 굴뚝 농성을 끝내고 내려온 이창근 동지
가 세월호 농성장을 찾아왔다. 물론 그때는 그분이
이창근 동지인 걸 몰랐다. 나는 서명대에 있었는데
어디서 굉장히 많이 본 것 같은, 낯익은 분이 분향소
에서 나오는 걸 보고 농성장 상황실 사람인가 하고 인
사를 했다. 나중에 생각해보니까 그분이 이창근 동지
였다. 언론과 SNS에서 너무 많이 봐서 나는 그분이

아주 낯익었는데 이창근 동지는 당연히 내가 누군지 모르지만 인사하니까 그냥 답을 했던 것 같다. 그분이 누구인지 깨닫고 나니 뒤늦게 몹시 반가웠다. 나중에 2018년에 쌍차 해고자들이 대한문 옆에 분향소를 만들었을 때 이창근 동지와 조금 친해졌다.

2015년 6월에 기아차 비정규직 최정명 동지와 한규협 동지가 서울시청 건너편 당시 국가인권위원회 건물 전광판에 올라갔다(쓰다 보니까 2015년에는 정말 고공농성이 많았던 것 같다). 서울시청 옆에 간이 지상 농성장을 만들어 민주노총 금속노조 기아차 비정규직 지회 동지들이 교대로 지키고 있었는데, 당시 국가인권위원회 건물은 세월호 농성장에서 가까워서 나는 세월호 농성장에 들렀다가 리본이라도 몇 개 챙겨서 기아차 비정규직 지회에 가서 인사하고 집에 가곤 했다.

2015년 8월 말 세월호 참사 5백 일 추모 문화제 때는 서울역 광장에서 시작해서 광화문 농성장까지 행진을 했다. 국가인권위원회 건물 아래를 지날 때 아찔하게 높은 옥상, 그 위로 또 높이 솟은 전광판 꼭대기에서 까마득하게 보이는 기아차 비정규직 두 분이 노란 깃발을 흔들며 인사했다. 길에서 행진하던 우리도 손을 흔들고 환호하며 인사했다. 전광판 위가 너무 까마득하게 높고 멀어서 무섭고 속상했다. 이어서 더욱 속상한 사태가 벌어졌다. 2015년 가을에 국가인권위원회는 추석 연휴 기간 동안 건물 문을 잠그고 다들 연휴를 즐기러 집에 가버렸다. 그래서 기아차 노조 조합원들이 고공농성하는 동지들에게 물도 음식도 전달할 수 없었다. 추석 연휴 내내 고공농성하는 노동자들은 말 그대로 물 한 모금 못 마셨다.

두 분은 2016년 여름 고공농성에서 내려오자마자 체포당했다. 병원에 이송이 되긴 됐는데 나중에 인터뷰를 보니 입원해 있는 격리병동까지 형사들이 들어와서 도주할까 봐 문 앞에서 지키고 있었다고 한다. 그리고 회사는 역시나 억대 손배소를 걸고 노동자들의 생계를 위협했다.

2017년 11월에 구미에서 차광호 동지가 굴뚝에 올라 고공농성 신기록을 세우게 만들었던 스타케미칼의 모회사 스타플렉스의 서울 본사가 보이는 목동 열병합발전소 굴뚝 위에 박준호 동지와 홍기탁 동지가 올라갔다. 차광호 동지와 함께 박준호 동지와 홍기탁 동지는 스타플렉스가 아산에 만든 새 회사 파인텍에 복직해서 일했다. 그러나 파인텍도 스타케미칼의 당초 약속이었던 고용과 노조활동 보장을 지키지 않았다. 노조가 파업에 들어가자 파인텍은 공장에서 기계를 빼내고 공장 폐쇄를 준비했다. 그래서 차광호 동지에 이어 박준호 동지와 홍기탁 동지가 공장 폐쇄에 맞서 고공농성을 시작했다.

목동 열병합발전소는 9호선을 타고 가서 신목동역 앞에서 버스를 타면 비교적 쉽게 찾아갈 수 있었다. 그래서 나는 시민 단체나 노조에서 응원하러 간다고 하면 최대한 따라갔다.

굴뚝이 너무 높고 아슬아슬했다. 그리고 앞에서 말했듯이 나는 고공농성이 너무 싫다. 그 굴뚝 꼭대기에서 편하게 앉지도 서지도 못하고 바람에 시달리며 버티는 분들한테 조금이라도 도움이 된다면 뭐든 하고 싶었다. 당시 금속노조 파인텍 지회는 지상 농성장 운영과 고공농성하는 두 사람의 지원을 위해 재정사업으로 티셔츠를 팔았다. 나는 신목동역 부근에 있던 파인텍 지상 농성장에 갈 때마다 티셔츠를 열심히 사서 주변 사람들에게 나눠주었다. 지금도 그때 티셔츠를 소중하게 가지고 있다.

박준호 동지와 홍기탁 동지는 2019년 1월이 되어서야 땅에 내려올 수 있었다. 굴뚝 위에서 426일이라는 신기록을 세우고, 거기에 마지막 일주일은 단식까지 한 뒤였다. 그래도 세상이 그나마 조금이라도 좋아졌다고 느꼈던 것은 최장기 고공농성을 마치고 땅에 내려온 동지들이 이번에는 경찰에 둘러싸이지 않았다는 사실이었다. 땅 위에서 종교단체와 시민단체와 노동조합 사람들이 모두 모여 조마조마하게 기다리는 가운데 박준호 동지와 홍기탁 동지는 자기 힘으로 사다리를 밟고 땅에 내려와서 파인텍 노조에서 요청한 구급차 들것에 누웠다. 그리고 이송되기 전에 들것에 누운 채로 마이크를 들고 노사 협상이 타결된 데 대한 의견과 고공농성을 마친 심경에 대해 발언을 했다. 구급대원들이 더 지체하지 말고 병원에 빨리 가야 한다고 걱정했다. 그래서 고공농성 당사자들은 발언을 마무리 짓고 구급차에 실려서 병원으로 갔고 농성장에 모인 사람들은 축하하고 환호하며 해산했다.

그 뒤로도 고공농성은 계속 이어지고 있다. 비정규직 노동자, 하청 노동자, 불안정 노동에 시달리는 노동자들이 다시 하늘로 올라간다.

2023년에는 포스코 광양제철소에서 하청업체 탄압에 항의하며 망루 농성을 벌이던 한국노총 간부가 경찰의 곤봉에 머리를 맞아 병원으로 실려가기도 했다.

　2024년 1월 8일 한국옵티칼하이테크 지회 박정혜 수석부지회장과 소현숙 조직2부장이 불타버린 공장 지붕에 올라 고공농성을 시작했다. "고용승계 없이 공장 철거 없다", "모두의 생존을 지키는 깃발이 되어" 등의 현수막이 걸린 공장 출하장 지붕 위에서 두 노동자는 "고용승계 쟁취하고 승리하겠다"고 씩씩하게 외쳤다. 두 사람이 농성하는 출하장 지붕은 아주 높지는 않지만 주변 건물들이 불에 타버려서 음산하고 위험해 보였다.

　두 동지가 고공농성 시작한 다음 날부터 눈이 왔다. 영하의 추위 속에서 두 조합원은 지붕 위에 설치한 농성 천막에 소복하게 쌓인 눈을 치우고 핫팩으로 추위를 달랬다. 고공농성을 시작한 이유는 사측이 구미시에서 공장 철거 승인을 받았기 때문이다. 철거가 시작되기 전에 온몸으로 공장을 지키고 고용승계 합의를 이루기 위해 두 동지가 고공에 오른 것이다.

　사측은 매일 아침저녁으로 공장에 찾아오고, 울타리를 부수고, 2월 16일에는 중장비를 몰고 와서 철거를 개시하겠다고 선언했다. 이에 민주노총 조합원과 대학생, 일반 시민 등 7백여 명이 모여서 철거를 막아냈다.

2024년 3월 8일 여성의 날을 앞두고 고공농성은 두 달째 진행 중이다. 닛토덴코 본사는 구미 공장 11명의 고용승계를 거부하면서 평택에 있는 한국닛토옵티칼에서 2023년 10월부터 지금까지 신규 직원을 30명 채용했다.

2024년 2월 18일 화물연대 한국알콜지회 노동자들이 울산에서 공장 굴뚝에 올랐다. 사측인 한국알콜산업이 노조 조합원들에게만 배차 정지 처분을 해서 일감을 끊는 등 노조활동을 탄압했기 때문이다. 그리고 사측은 55미터 높이 연소탑에서 농성하는 노동자들에게 식사나 물품 반입을 저지했다. 노동자들은 고공의 칼바람 속에 굶으며 버티고, 검찰은 이들에게 구속영장을 청구했다.

고공농성의 원조(?)는 강주룡 열사다. 『체공녀 강주룡』이라는 전기도 나와 있다. 일제강점기에 독립투사였던 남편을 잃고 가족의 생계를 위해 평양 고무공장에서 일했는데 임금 인상과 처우 개선을 요구하며 을밀대 지붕에서 농성했다. 그러나 일본 경찰에 체포되었고 단식하던 중 30세로 요절했다고 한다.

일제강점기에는 일본제국 때문에 조선인의 삶이 괴로웠다고 이해할 수 있다. 그러면 지금은 어째서 노동자들이 계속해서 하늘에 오르고 단식을 해야 하는가. 지금은 대체 어느 강점기인가.

해외 연대

데모 소식을 얻기 위해 노동조합이나 시민단체의 SNS 페이지를 구독하다 보면 외국에서 벌어지는 상황에 반대하거나 연대하기 위한 데모에도 가끔 참석하게 된다.

2019년에 홍콩 민주화운동의 전신인 홍콩 송환법(홍콩-중국 범죄자 인도조약) 반대 운동이 벌어졌을 때 한국에 체류 중인 홍콩 사람들이 송환법에 반대하는 서명을 받았다. 동대문디자인플라자(DDP) 앞에서 서명을 받는다고 해서 나는 홍콩하고 별 상관은 없지만 서명은 잘 받을 자신이 있기 때문에 나가보았다.

SNS에 올라오는 홍콩 관련 소식에서 주로 청년층이 활발하게 참여하고 있다고 들었는데 과연 DDP 앞에 서명 받으러 모인 사람 중에 내가 최고령자인 것 같았다. 나는 세월호 서명대에서 단련된 방식대로 서명판을 들고 무슨 서명인지 큰 소리로 외치며 지나가는 사람들에게 홍보했다. 서명대와 물품을 관리하던 홍콩인 여자분이 나에게 와서 걱정스러운 표정으로 그렇게 크게 소리치면 안 된다고 주의를 주었다. 나는 조금 눈치를 보다가 다시 서명판을 들고 돌아다니며 열심히 무슨 서명인지 외쳤다.

홍콩인들은 당시 홍콩의 정치적 분위기가 아주

살벌했기 때문에 한국에서도 조심하고 있었던 것 같다. 시간이 지나면서 홍콩 청년들도 서울 거리에서는 아무리 큰 소리로 외치며 서명을 받아도 경찰이 몰려오지 않고 체포하지 않는다는 사실을 깨달았다. 경찰이 주변에 한 명 있기는 있었고 책임자를 찾는 것 같았다. 나 말고 다른 분들은 모두 홍콩 사람들이라서 한국말에 얼마나 익숙한지 몰라 내가 나섰다. 두 시간만 서명받고 해산할 거라고 하니까 경찰은 뭔가 기록하더니 그냥 알았다고 하고 가버렸다.

4시부터 6시까지 서명을 받았는데 한 시간쯤 지나니까 홍콩 청년들은 이제 거리낌 없이 큰 소리로 외치기 시작했다. 팀을 나누어서 영어, 광둥어, 일본어, 한국어로 돌아가며 구호를 외치고 서명의 내용을 알렸다. 실제로 서명하는 사람은 그렇게까지 많지 않았지만 홍콩 청년들은 서명을 받으면서, 구호를 외치면서 점점 신이 나는 것 같았다. 그날의 서명은 즐거웠다.

2019년 10월부터 연말까지 홍대 앞에서 홍콩 민주화를 지지하는 시위가 주말마다 열렸다. 2019년 여름 홍콩에서는 송환법 반대 운동이 민주화운동으로 진행되면서 경찰이 대학생들을 습격하고 폭력 진압했다. 집회 중 응급 상황을 대비해서 참가한 간호사나 응급구조사의 눈에 고무탄을 쏘아 실명시키는 일들이 벌어졌다. 이렇게 폭력을 당하고 부상을 입고 때로 돌이킬 수 없는 후유증을 안게 되는 사람들 대부분이 이십대 청년층이었고 많은 경우 대학생들이었다. 2019년에 나는 10년 차 대학강사였다. 다치고 피 흘리고 소리치는 그 청년들이 다 내 학생들로 보였다. 게다가 경찰 물대포를 맞고 최루액을 맞고 행진 대오 앞에 선 사람들이 집단으로 연행되는 사태는 바로 4년 전, 5년 전에 겪었던 현실이었다. 그래서 나는 홍대 앞으로 시위를 하러 갔다.

'홍대 앞 홍콩시위'는 한국에 체류 중인 홍콩 사람들과 함께 '국가폭력에 저항하는 아시아 공동행동'이 주최했다. 참가자는 주로 한국인과 홍콩인이었지만 미국인도 한 번 왔고 다양한 사람들이 행진에 참가했다. 우리는 홍대입구역 9번 출구 앞에 모여서 발언을 듣고 구호를 외친 뒤 피켓을 들고 구호를 외치며 인근을 행진하면서 한 바퀴 돌아 다시 홍대입구역 9번 출구 앞으로 돌아와 집회를 마쳤다. 이 집회에서 나는 "광복홍콩 시대혁명[光復香港 時代革命]"이라는 구호를 광둥어로 말하는 법을 배웠다(제대로 말하는지는 알 수 없다. 나중에 만난 홍콩 사람들에게 이 구호를 말하면 대부분 기뻐했으니까 괜찮은 것 같다).
"카야오[加油]" 즉, "힘내"라는 표현도 배웠다.

　　홍대 앞 홍콩시위 도중 중국인들과 싸움이 붙은 적도 있었다. 그런데 내가 이때 본 중국 청년들은 정치적인 측면에서 상대방의 의견이 마음에 들지 않거나 동의할 수 없어서 분노하는 수준이 아니었다. "광복홍콩 시대혁명"을 외치는 사람들을 본 중국 청년들은 휴대전화 화면에 오성홍기를 띄우고 눈물을 흘렸다. 굉장히 당황스러운 광경이었다. 홍콩에서 민주화운동이 일어나는 게 아니라 중국 본토가 침공이라도 당한 것 같은 반응이라 좀 무서웠다.

　　2019년 당시 홍콩 총선에서는 민주화운동을 지지하는 당이 압승했지만 결국 행정장관 직선제나 경찰 폭력 사과 및 진상 규명 등의 요구사항은 관철되지 못했다. 그리고 2020년 초에 중국에서 신종 코로나가 발생하고 이후 팬데믹이 되면서 홍대 앞 홍콩시위도 자연히 중단되었다. 이때 두 달 남짓 같이 시위했던 홍콩 청년들을 나중에 2020년 6월 명동에서 조지 플로이드 추모 및 "흑인의 생명도 소중하다" 집회가 열렸을 때 행진하다가 다시 만났다. 잘 지내냐고 물었더니 홍콩 사람들은 조금 쓸쓸하게 웃으며 그럭저럭 괜찮다고 했다. 그때는 국제 항공편이 전부 취소되고 여행 자체가 불가능하던 때라서 이제 이 청년들 어쩌면 좋을지 정말 막막했다. 이후 홍콩에서는 홍콩 국가보안법이 발효되고 정치적인 압박과 긴장은 더욱 심해졌다.

2022년 2월 24일에 러시아가 우크라이나를 침공했다. 전공자 입장에서는 눈앞이 아득해지는 사건이었다. 사실 러시아는 2014년 3월 크림반도를 점유하고 돈바스 전쟁을 사주하여 이미 우크라이나를 간접적으로 침공했다. 우크라이나 쪽 뉴스와 SNS에는 8년 된 전쟁이 이제야 전면전이 되었다는 의견들도 있었다. 전쟁 초기에 러시아는 어린이 병원을 폭격하고 유치원에 총을 쏘았다. 그래서 나는 러시아를 규탄하고 전쟁에 반대하는 집회에 참가했다.

2022년에는 1월과 3월에 남편이 암 치료를 위해 입원했고 2월에 시어머니가 쓰러져서 집회 같은 걸 마음대로 갈 상황이 아니었다. 4월에 나는 러시아 대사관 앞에서 열린 전쟁 반대 집회에 참가해서 러시아어로 전쟁을 중단하라고 소리쳤다. 집회가 끝나고 지하철을 탔는데 부커상 국제 부문 최종 후보 소식으로 문자메시지와 부재중 전화가 가득했다. 기쁘기도 했지만 나는 너무 지쳤고 너무 춥고 배가 고팠다.

나는 난데없이 유명해져서 갑자기 외국에 막 돌아다니게 되었다. 출국하기 얼마 전에 지하상가에서 우연히 아래쪽은 노란색, 위쪽은 파란색으로 색이 나누어진 바람막이 점퍼를 발견했다. 정확히 우크라이나 국기 색깔이었다. 나는 황급히 바람막이를 구입했고, 유럽과 영미권에서 문학 행사를 할 때 입고 나갔다. 그러면 독자 중 누군가 자신은 우크라이나에서 왔다며 행사가 끝나고 말을 걸었다. 나는 "우크라이나에 영광을"(Слава Україні)을 외치고, 그러면 독자님은 기뻐하면서 "영웅들에게 영광을"(Героям слава)로 화답한다.

전쟁은 끝나지 않고, 2023년 10월 7일에 이스라엘군이 가자지구를 폭격하기 시작했다. 언론에서는 계속 '이스라엘-하마스 전쟁'이라고 하는데, 가자지구에는 독립된 군대가 없다. 한쪽에만 군대가 있고 한쪽만 일방적으로 폭격하는 것은 전쟁이 아니다. 학살이다.

폴란드를 거쳐 미국에 행사하러 가는 긴 일정을 앞두고 나는 '이스라엘의 가자지구 공격을 규탄하는 한국시민사회 긴급행동'이라는 긴 이름의, 이주민들과 여러 시민사회단체 연대체가 주최한 청계천 파이낸스센터 앞 가자지구 학살 반대 집회에 참여했다.

폴란드에서는 크라쿠프에서 문학축제 행사를 마치고 역시 팔레스타인인들과 폴란드 시민단체가 주최한 '자유 팔레스타인' 집회에 참가해서 행진했다. 그리고 미국에서는 전미도서상 시상식에서 다른 최종 후보들과 함께 무대에 올라 알리야 빌랄(Aliyah Bilal) 작가가 가자지구 폭격 중단을 요구하는 성명을 읽고 우리는 뒤에서 박수를 치고 발을 굴렀다.

이스라엘은 계속 가자지구에 폭격을 하고, 계속 비무장 시민들을 죽이고 있다. 미국이 이스라엘에 무기를 대주느라 우크라이나에 대한 지원이 잠시 주춤해진 틈을 타서 러시아는 다시 전면 공습을 시작했다. 우크라이나 현지 매체 『우크라인스카 프라우다』 텔레그램 채널은 2023년 12월 31일부터 '우크라이나 전 지역 공습경보'를 알리고 있다. 고려인 4세인 우크라이나 미콜라이우주(州) 비탈리 김 주지사는 페이스북에서 전례 없이 "낙관할 수 없다"는 포스팅으로 상황을 알렸다.

세상은 점점 나빠지는 것 같다. 드디어 또다시 "어제가 제일 좋은 날"이었던 시기가 돌아온 모양이다. 그럼에도 불구하고, 혹은 그러니까 나는 데모한다.

유토피아

나의 박사논문 주제는 유토피아였고 좀 더 정확히 설명하자면 폴란드 출신 작가 브루노 야센스키(Bruno Jasieński)와 동시대 다른 러시아 작가의 유토피아 소설을 비교했다.

브루노 야센스키는 폴란드에서 유대계 혈통으로 태어나 러시아혁명에 매료되어 소련으로 귀화한 특이한 이력의 소유자이다. 야센스키가 1928년에 쓴 『나는 파리를 불태운다(Palę Paryż)』와 나중에 소비에트 러시아에 귀화해서 쓴 『인간은 피부를 바꾼다(Человек меняет кожу)』(1933)에 나타난 유토피아의 모습은 나와 뜻을 같이하는 동지(同志)들과 함께 이상향의 목적지를 추구하는 과정이다. 그 목적지 자체 혹은 도달한 이후의 시간이 유토피아가 아니라 목적지에 도달하기까지의 과정이 유토피아이며, 그 과정이 유토피아인 이유는 동지들이 함께하기 때문이다. 그리고 설령 나는 언젠가 죽더라도, 내가 죽은 뒤에도 나와 뜻을 함께했던 동지들은 세상에 남아 또 뜻을 같이하는 사람들을 만나고, 또 계속 가다 보면 뜻을 같이하는 사람들이 나타날 테니 결국 나의 이상, 나의 소망, 나의 의지는 동지들을 통해서 세상에 계속 남게 된다. 그리하여 도달하건 도달하지 않건 동지들과 함께 영원히 그 이상향을 추구할 수 있는 것이다.

그것이 야센스키의 유토피아다.

비슷한 시기에 헝가리 태생의 독일 사회학자 칼 만하임(Karl Mannheim)은 『이데올로기와 유토피아 (Ideology and Utopia)』(1929)라는 저서에서 이데 올로기는 탁상공론이지만 유토피아는 정적인 상태가 아니라 이상향을 향한 움직임을 이끌어내는 동력이 라고 했다. 만하임은 유토피아를 몇 가지 종류로 분 류했는데 나는 그중 '자유주의적-인본주의적 유토피 아(Liberal-Humanitarian Utopia)'의 관점이 내가 믿고 싶은 유토피아의 신념을 가장 잘 설명한다고 생 각한다.

'자유주의적-인본주의적 유토피아'를 믿는 사 람은 자신이 살아 있는 동안에 유토피아가 이루어질 것이라고 믿지는 않지만 꼭 내 눈앞에서 이상향을 보 는 순간이 오지 않더라도 어쨌든 더 좋은 앞날을 위해 서 계속 노력한다는 것이다. 비정규직 철폐, 성평등, 여성해방, 장애해방, 노동해방, 인권존중, 세계평화 를 외치는 많은 동지들이 그런 완벽한 세상이 당장 이 루어지지는 않는다는 걸 알면서도 피켓을 들고 거리 에 나가 소리치고 행진하고 파업하고 농성하고 투쟁 한다. 그렇게 투쟁하면 자기만 괴롭고 연행당할지도 모르고 구속당할지도 모르고 몇십 억의 손배소가 걸

릴지도 모르는데도 어쨌든 싸운다. 왜냐하면 그것이 더 좋은 세상을 향해 하다 못해 반의 반 걸음이라도 나아가는 길이라고 믿기 때문이다. 나는 전반적으로 사회적으로나 정치적으로 데모해도 크게 불이익이 없는 삶을 살고 있으니(퇴직했으므로 이제 더 잘릴 직장도 없다) 조금이라도 유리한 입장에 있는 내가 행진이라도 한 번 더 하고 구호라도 한 번 더 외치고 집회를 할 때 머릿수라도 하나 더 채우면 나와 동지들이 원하는 세상이 그나마 아주 조금이라도 더 가까워질지 모른다고 생각한다.

무엇보다도 나는 나의 동지들을 사랑한다. 나 혼자 동지라고 생각하고 내적 친밀감을 느낄 뿐 상대방은 나를 모르는 경우가 상당히 많은데 뭐 그래도 상관없이 나는 동지들을 사랑한다. 집회에 나가면 동지들이 무엇을 요구하고, 왜 요구하고, 지금 상황이 어떻고, 정부와 권력과 제도가 노동하는 시민을, 살아 있는 인간을 보호하고 존중하기 위해서 어떤 태도를 취하고 어떤 대응을 했어야 했는지, 그러나 뭘 어떻게 안 하는지 아주 명확하게 배울 수 있다. 그래서 나는 나의 동지들을 존경하고 언제나 집회에서 많은 것을 배운다.

유토피아를 향해 동지들과 함께 가는 방법은 사

실 굉장히 다양할 것이다. 나는 데모하러 나가서 동지들을 실제로 보면서 실제로 땅을 딛고 같이 행진하는 것을 좋아한다. 글자 그대로 걸을 때마다 조금 더 좋은 세상에 가까이 갈 수 있을 것 같은 기분이 된다. 지치고 힘들어도, 우리는 더 좋은 세상을 위해 함께 나아갈 것이다.

투쟁.

나를 만든 세계, 내가 만든 세계
'아무튼'은 나에게 기쁨이자 즐거움이 되는,
생각만 해도 좋은 한 가지를 담은 에세이 시리즈입니다.
위고, **제철소**, **코난북스**, 세 출판사가 함께 펴냅니다.

아무튼, 데모

초판 1쇄 2024년 3월 25일

지은이 정보라
편집 이재현, 조소정, 조형희, 김아영
디자인 이지선
제작 세걸음

펴낸곳 위고
등록 2012년 10월 29일 제406-2012-000115호
주소 경기도 파주시 돌곶이길 180-38 1층
전화 031-946-9276
팩스 031-946-9277

hugo@hugobooks.co.kr
hugobooks.co.kr

©정보라, 2024

ISBN 979-11-93044-13-1 02810